Sonya
ソーニャ文庫

# みそっかす王女の結婚事情

富樫聖夜



イースト・プレス

contents

# プロローグ　青銀の王女と騎士

「うらやましい……」

窓の下を護衛と一緒に歩いていく姉の姿に気づいて少女は呟く。

窓枠に手をついて外を眺めたまま動かない彼女に気づき、年嵩《としかさ》の侍女が近づきながら尋ねた。

「何か見えましたか、ミュリエル様？」

「窓の外……エルヴィーネお姉様が……」

「エルヴィーネ様が？」

少女の視線を追った侍女は、颯爽《さっそう》と歩く美しい少女と、その少し後ろを歩く背の高い騎士の姿を認めて頷いた。

「エルヴィーネ様と、護衛に付いている騎士ですね。確かブラーシュ侯爵のご子息の」

二階の窓から下を眺めるミュリエルに気づかず、姉は歩きながら騎士に笑いかけていた。

彼らの会話も途切れ途切れだが、耳に届く。

「そんなに顔を顰《しか》めないでちょうだい、レイヴィン。本当に真面目なんだから」

「ですが、模擬試合《もぎ》を見学など……。弾《はじ》かれた剣が殿下に向かって怪我をしないとも限りません」

「でも万一武器が飛んできても、レイヴィンがわたくしを守ってくれるのでしょう？」

「もちろんです。ですが……」

「あなたの腕もあなたも信用しているわ、レイヴィン。だからわたくしは怪我などしない。そうでしょう？」

楽しげに笑う姉に、騎士は苦笑し、やれやれという口調で言った。

「まったく、殿下には敵《かな》いません」

残りの会話はもう聞こえない。二人はミュリエルのいる主居館から離れて石畳の広場へ行ってしまった。

楽しげに護衛と笑い合いながら去っていく姉の背中を見つめながら、ミュリエルは胸の痛みを覚えた。

――お姉様が、うらやましい。

この建物の外に出ることはミュリエルには許されていない。許可されたとしても必ずベールを被らされ、何人もの侍女と護衛の騎士がつけられる。建物の外はおろか、自室から一歩でも外に出ればその状態だ。

理由は王族だからだと聞いていた。王族だからそれだけの護衛が必要で、外を出歩くのも制限されてしまうのだと。

けれどそれが嘘だということをミュリエルは知っていた。

——だって、お姉様は顔を晒《さら》しているし、たった一人の護衛を連れていくだけで、自由にどこへでもいける。

自由でないのはミュリエルだけだ。

ふと目の前を見ると、窓ガラスに自分の姿が映っていた。寒々しささえ感じさせる青銀の髪と瞳。キラキラと輝く金色の髪を持つ家族とは異なる色。

——この髪がみっともないから。だめな色だから。

誰に聞くまでもなく、自分が隠されている理由がミュリエルには分かっていた。

諦《あきら》めたように目を伏せ、再び姉の姿を見ようと視線を戻したその時、声など聞こえないはずなのに、姉の護衛が足を止めてこちらを見上げているのに気づき、ミュリエルは思わず窓から離れた。

今自分はベールを被っていない。この髪を見られるわけにはいかないのだ。

——でも、なぜ？　どうして彼は私に気づいたの？

しばらくして、少しドキドキしながらそっと窓の外を窺ったが、その時にはすでに姉と護衛の姿はなかった。

＊＊＊

「ん……？」

青年は足を止めた。

「どうしたの、レイヴィン？」

護衛対象である第四王女がそれに気づいて振り返る。

騎士団宿舎で行われている模擬試合を見るために、二人は王族の居住区である主居館から移動している最中だった。

ふと視線を感じ、青年——レイヴィンが振り返ると、主居館の二階の窓から、青みがかった銀色の何かが見えたのだ。

けれどそれはすぐに見えなくなってしまう。

「すみません。二階の窓から青白いような何かが見えたものですから」

しかし今は何も見えない。答えに窮《きゅう》し、言い訳めいた口調で告げると、彼の視線の先を追った王女が分かったとばかりに頷いた。

「きっとそれは妹のミュリエルね。二階のあそこにはミュリエルの部屋があるから」

ミュリエル。それはエルヴィーネ王女の妹の名前で、彼にとっては特別な名前だった。

「ミュリエル殿下の……」

再び窓を見上げて、そこに青と銀色が見いだせないことに、レイヴィンは落胆とともに安堵《あんど》を覚えた。

——大丈夫だ。祖父や曾祖父《そうそふ》の弟と俺は違う。

自分は『ハルフォークの青銀』を見ても囚われなかったのだから。

『ハルフォークの青銀』は、レイヴィンの一族にとって特別な存在であり、呪いのようなものでもあった。

レイヴィンの一族は代々騎士を輩出《はいしゅつ》する家柄で、その家系は古く、この国の建国前からこの地を統治する大公家、すなわち今の王族に騎士として仕えていた。

父も祖父も騎士だったし、レイヴィンもごく自然に騎士の道を歩み始め、今では正式に騎士団に所属している身だ。

『我がブラーシュ家は建国の折に武功《ぶこう》を立てて侯爵位に叙爵《じょしゃく》されてから、代々騎士として王族に仕えてきた』

当時、まだブラーシュ侯爵家の当主だった祖父は、幼いレイヴィンをある肖像画のところへ連れていき、何度も繰り返し伝えた。

その肖像画には祖父の母親、つまりレイヴィンの曾祖母と、彼女と懇意にしていた当時の女王とが仲良く二人並んで描かれている。

『だが、いいか、レイヴィン。我らはこの国に忠誠を誓い、命を、剣を捧げてきたが、実際は王族に忠誠を誓っているのではない。グレーフェン王家の中に流れるハルフォークの血に忠誠を誓っているのだ』

そう言いながら祖父が指さしたのは、薄茶色の髪の毛を結い上げ笑顔でこちらを見つめる曾祖母ではなく、その隣で微笑む先々代の女王の方だった。女王の髪は青とも銀ともつかない不思議な色合いをしていた。

『これが〝ハルフォークの青銀〟と呼ばれる色だ。ゆめゆめ忘れるでないぞ、レイヴィンよ。今はおられなくても、いつか王族に青銀の色を持った方が生まれるだろう。その時は己のすべてをもって仕えよ』

先々代の女王を見つめる祖父の瞳に情欲の炎がくすぶっていた。レイヴィンは子ども心に祖父の妄執《もうしゅう》を感じ取って恐ろしくなったものだ。そのすぐ後に祖父が亡くなったこともあって、レイヴィンはその言葉を忘れるように努《つと》めた。

いや、実際に忘れていたのだ。王家にミュリエル王女が生まれるまでは。

生まれたばかりの王女が青銀の髪と瞳を持っていることを王太子アリストから聞いて、レイヴィンは祖父の言葉を思い出し、少しばかりの好奇心を抱いて調べてみたのだ。王家に時々生まれると言われている『ハルフォークの青銀』のことを。

その結果分かったのは、レイヴィンの一族が青銀の色を持つ王族に対して異常なほど執着心を持っていることだ。

代々『ハルフォークの青銀』の傍には必ずブラーシュの姓を持つものがいた。王女を妻に娶《めと》ったり、王子に嫁《とつ》いだ侯爵令嬢もいた。曾祖父の弟などは公爵家に養子に入ってまで、先々代女王の王配になっている。

言い知れぬ妄執を感じて、レイヴィンは空《そら》恐ろしくなった。

――いずれ、俺もミュリエル様を……？

レイヴィンはこの時決心した。自分は『ハルフォークの青銀』に囚われまいと。

ミュリエル王女を避けるのは簡単だった。王女は『ハルフォークの青銀』がもたらす混乱を危惧《きぐ》した国王によって主居館に閉じ込められ、会う人間も制限されている。いくらレイヴィンが王太子アリストの側近とはいえ、容易に近づける相手ではなかった。

今のように遠目で見かけるのがせいぜいだ。だから、自分が『ハルフォークの青銀』に囚われることはないだろう。

そう、安心していた。

「レイヴィン？」

いつまで経ってもミュリエル王女の部屋を見つめ続けるレイヴィンに、エルヴィーネ王女が不思議そうに声をかける。

我に返ったレイヴィンは、エルヴィーネ王女を振り返り頭を下げた。

「申し訳ありません。もうすぐ試合が始まる時間ですね。少し急ぎましょう」

「ええ、そうね。せっかくだから第一試合から観たいもの」

歩き始めたエルヴィーネ王女を導きながら、レイヴィンは自分に言い聞かせる。

そう、騎士である自分が『ハルフォークの青銀』に囚われてはならない。囚われた瞬間から、きっと手に入れずにはいられなくなる。それが『ハルフォークの青銀』に魅入《みい》られた一族の呪いだ。

守るべき小さな王女を己の身勝手な欲望で汚してしまうことなど許されない。

――近づいてはならない。囚われてはならない。

平静《へいせい》を装いながらレイヴィンは自分に誓った。

この五年後、王女の青銀の瞳を覗き込んだ瞬間に囚われ、恐れていた執着に自ら堕《お》ちていくことになるとは、この時のレイヴィンは夢にも思わなかった。

# 第一章　みそっかす王女の初恋

「王女様、どちらにおられますか？」

「ミュリエル様ぁ！」

侍女の慌ただしい足音と焦《あせ》ったような声が近づいてくる。ミュリエルは茂《しげ》みの中で膝《ひざ》を抱え、足音と声が通り過ぎるのをじっと待った。

この茂みは、以前中庭に出た時に偶然見つけた場所だった。低木が等間隔に並べられた花壇《かだん》の一角にあり、二列目の低木の中で一本だけ病気だったか枯《か》れたかして引き抜かれたために、小さな空間ができているのだ。

大人が隠れるには足りないが、ミュリエルのように身体が小さければ十分に隠れることができる。

思った通り、身を潜《ひそ》めるミュリエルに気づくことなく、足音は遠ざかっていく。周囲が静かになるのを確認し、ミュリエルはふぅと息を吐いて身体の緊張を解いた。

――ようやく一人になれた……。

グレーフェン国の第五王女であるミュリエルの周囲にはいつも侍女がいて、一人になるのは、夜、眠る時くらいのものだ。その夜だって、部屋の外では近衛騎士たちが交替で警護についている。

必ず人の気配が傍にある生活。それがミュリエルの日常だった。

一国の王女なのだから人に囲まれているのは当たり前と言えば当たり前なのだが、時々それがひどく息苦しく感じる時がある。今がそうだ。

——彼女たちは私の傍にいるのが仕事だし、気を使ってくれているだけなのに……。

けれど、たまたま使用人たちの噂話を耳にしてしまい、気が塞《ふさ》いでいる今、侍女たちの気遣いが辛くて仕方ない。傷ついていない、気にしないと笑いとばせるほど強くもない。

——きっとエルヴィーネお姉様なら、噂話など笑って聞き流すに違いないし、侍女たちに気の利《き》いたことを言って安心させることもできるでしょうに。

エルヴィーネなら……。あの完璧な姉ならば。

無意識に自分と姉とを比べてさらに気が重くなったミュリエルは俯《うつむ》く。その際、耳にかけられていた髪がサラッと落ちて、目の端に映った。

銀色に青を溶かしたような不思議な色合いの髪。

とたんにミュリエルは顔を顰める。彼女は自分の髪が大嫌いだった。

——こんな色の髪でなければ。家族と同じように金髪で生まれていたら……。

そんなことを思った時だった。

「そこに潜んでいるのは誰だ」

抑えられてはいるが、鋭い声がミュリエルの頭上に降ってきた。

——見つかっちゃった……！

びくんっと大きく肩を揺らし、ミュリエルは縮こまる。誰何《すいか》した男性は、動こうとしない彼女にさらに警戒を強めたようだ。

カチャッと剣を抜くような金属音が聞こえた。

「ま、待って！　私は——」

ミュリエルは慌てて顔を上げる。すると、精悍《せいかん》な顔だちの男性が視界に飛び込んできた。中庭に差し込む日の光に照らされて彼の金髪は鈍く輝いている。

「あ……」

男性の鮮やかな青色の瞳がミュリエルの青銀の瞳と交差する。

——この人は……。

ミュリエルは彼を知っていた。グレーフェン騎士団に身を置いているブラーシュ侯爵家の跡取り。そして、王太子であるミュリエルの兄、アリストの幼馴染《おさななじ》みでもあるレイヴィン・ブラーシュだ。

「ミュリエル殿下？」

レイヴィンの青い目が驚きに見開かれる。彼はなぜかそれからしばらくぼうっとしていたが、突然ハッとしたように抜いたばかりの剣を鞘《さや》にしまった。

「申し訳ありません、殿下。守るべき王族に剣を向けるなど、騎士団の者としてあるまじきこと」

レイヴィンは目を見張るミュリエルの前に片膝をつき、頭《こうべ》を垂《た》れた。

「言い訳はいたしません。この首を差し出せと仰《おお》せならば、そのように。どのような処分も受け入れます」

ミュリエルは唖然《あぜん》とした。

確かにレイヴィンは王族であるミュリエルに対して剣を抜いた。けれど、ミュリエルだと分かって抜いたわけではないし、あの状況では仕方なかっただろう。彼は騎士団の一員で、王族とこの城を敵から守るのが仕事だ。むしろ当然のことをしただけで、今度のことで彼を責める者はいないに違いない。

「ま、待って！　あなたは当然のことをしただけよ。悪いのは私の方だわ！」

「いえ。確認を怠《おこた》ったのは私です。すべては私の未熟さが招《まね》いたことですから」

石畳の通路の上で跪《ひざまず》き、粛々《しゅくしゅく》と処分を待つ様子のレイヴィンの金髪を茂み越しに見つめながら、ミュリエルはほんの少しだけ呆れたような吐息をついた。

——なんて頑固で真面目な人なの。

いつだったか、兄のアリストが言っていたことを思い出す。

『レイヴィンは、部下に慕われているし、いい奴なんだけど、真面目すぎるのが玉に瑕《きず》なんだよね』

どうやらレイヴィンはアリストから聞いていたとおりの人物のようだ。

ミュリエルは首を横に振った。

「顔を上げて。あなたを処罰なんてしたら、私がアリストお兄様に怒られちゃう。あなたに咎《とが》はないわ。私が……隠れて返事もしなかったから……」

自分のしたことがひどく我《わ》が儘《まま》で自分勝手だったと思い至り、ミュリエルは俯く。

レイヴィンがふと顔を上げた。

「そういえば、どうして殿下はこのような場所に？　かくれんぼですか？」

「ち、違います！　そんな子どもっぽい遊びをする年じゃありません！」

思わずカッとなり、頬を染めて反論したが、自分の容姿を考えればたいして説得力がないことも、ミュリエルは嫌というほど分かっていた。

十二歳といえば少女から女性らしい身体に変わり始める時期だ。それなのにミュリエルときたら、女性らしいどころかまだ十歳くらいの子どもにしか見えない外見なのだ。

「申し訳ございません。失言でした」

真面目なレイヴィンは再び頭を下げた。ミュリエルもカッとなってしまったことを反省する。

こんな茂みにこそこそ身を隠している状況は、行動も幼いことを自ら晒しているようなものである。

——だから私は「みそっかす」などと陰で言われるんだわ……。

「かくれんぼではないのなら、侍女や護衛はどうなさいました？」

再び顔を上げたレイヴィンが聞いてほしくないことを尋ねてくる。だが、彼にしてみれば当然の疑問だろう。

――だってこの人はグレーフェン騎士団の副総長。総長であるアリストお兄様の右腕にして、騎士団を実質取り仕切っている人だもの。

グレーフェン騎士団はグレーフェン国軍に属しているが、役割や指揮系統は国軍とは異なっている。

騎士団の役割は王城内の警備と王族の護衛だ。彼らは国ではなく、国王をはじめとする王族に忠誠を誓っている。いわば国王の私兵のような存在で、王族のためにのみ動く。そのため、国軍の将軍の命令であっても従う必要がない。それなのに、両者の間にそれほど軋轢《あつれき》がないのは、慣例で騎士団のトップには国王か王太子かのどちらかがついていることと、互いの領域に口を出すことがないからだろう。

現在、騎士団の総長の座についているのは、二年前、父王からその座を譲られた王太子アリストだ。

そしてアリストがグレーフェン騎士団の総長になった時、副総長として任命されたのがここにいるレイヴィン・ブラーシュだった。

レイヴィンは立ち上がりながら尋ねる。

「この時間、ミュリエル殿下の護衛の任に就《つ》いているのは、確かカストルとディケンの二人ですね。彼らはどうしたのです？　決して目を離すなと伝えていたはずですが……」

「……それは……その……一人になりたくて、私……」

どんどん声が小さくなる。そんなミュリエルの様子に、レイヴィンは彼女が侍女や護衛から身を隠すためにここに潜んでいることに気づいたようだった。

「一体、どうして――」

「ブラーシュ副総長！」

レイヴィンが理由を聞こうとしたその時、騎士団の制服を纏った青年が回廊に姿を現し、レイヴィンの姿を見つけて駆け寄ってきた。ミュリエルは反射的に茂みの中で身を縮める。

「大変です、副総長！」

「どうした？」

「ミュリエル殿下の護衛についていたカストルから、殿下の姿を見失ったとの報告が……！　今、ディケンと侍女たちが手分けして捜していますが、見当たらないそうです。もしかしたら他国の間者に攫《さら》われたのかもしれません。捜索隊を組みますか？」

騎士の言葉にミュリエルはぎょっと目を剝《む》いた。

――捜索隊？　そんなおおごとになったら、お姉様やお兄様に叱られてしまう……！

「いや、捜索隊を組む必要はない」

明らかに笑いを含んだレイヴィンの声がした。

「ミュリエル殿下はここにおられる」

「え？　え？　あ、殿下!?」

茂みの間を覗き込んだ騎士が驚きの声を上げる。

ミュリエルはビクッと肩を揺らし、ぎゅっと目を閉じた。

「ご苦労だった。お前はカストルたちに殿下が見つかったことを伝えて、侍女たちとともに殿下の部屋で待機しているように言ってくれ。殿下は私が部屋までお連れする」

「はい。承知いたしました、副総長。そのように伝えておきます」

騎士はレイヴィンに敬礼すると、その場を去っていった。

レイヴィンは彼の姿が完全に消えると、茂みをかき分け、ミュリエルの方に身を乗り出すようにして尋ねた。

「殿下、どうして一人になりたかったのですか？」

「それは……」

本当のことを答えたくなくて、ミュリエルは目を伏せた。

「ただ……一人になりたかっただけ。私の我が儘よ」

「……殿下は嘘が下手でいらっしゃいますね」

くすっと笑うと、レイヴィンは手を伸ばした。

「ひとまずそこから出ましょう。殿下、失礼いたします」

「え？　あ、きゃあ！」

レイヴィンの両手がミュリエルの腰を掴んだ直後、彼女の身体はふわっと浮き上がった。

背中の真ん中までまっすぐ伸びた艶やかな青銀の髪が、高く持ち上げられた拍子に空に舞

う。髪が元の位置に戻った時には、ミュリエルはレイヴィンの片腕にちょこんとのるような姿勢で抱えられていた。

髪と同じ青銀の瞳がこれでもかと大きく見開かれる。ほんの間近にレイヴィンの顔があった。

きりっとした眉に、涼しげな目元。すっと通った鼻筋に形のよい唇。侍女たちがよく彼のことを話題にしていたことを思い出し、ミュリエルは無理もないと思った。

こんなに間近で顔を見たことはなかったが、レイヴィンは、甘い顔だちの兄のアリストと比べても遜色《そんしょく》のない、王子様のような容姿をしている。加えて、将来侯爵位を継ぐ身とあれば、女性に人気があるのも頷ける。

背が高く、がっしりとしているが、いかつい体格の者が多い騎士団員の中では細くすっきりして見えるのも、女性に人気がある要因の一つだろう。

「え？　あ、あの？　え？」

突然抱き上げられて困惑するミュリエルに、レイヴィンは笑った。

「隠れるにはちょうどいいでしょうが、殿下にあのような暗がりは似合いません」

「そんな……ことは……」

ほんのりとミュリエルの頬が赤く染まる。

他の男が口にすれば歯の浮くような台詞だが、不思議とレイヴィンが言うと気取ったようには聞こえない。おそらく、媚びるような響きもなく、ごく自然に出た言葉だったからだろう。

「さて、殿下」

すっと微笑を消して、レイヴィンはミュリエルに尋ねた。

「何があったのです？　一人になりたいと思うようなことがあったから、殿下は侍女や警護の兵から身を隠したのでしょう？　一体、何があったのです？」

「それは……」

まっすぐ見つめてくる青い目に耐えられず、ミュリエルは視線を外しながら答える。

「単なる我が儘よ。傍にいてあれこれ言われるのが我慢ならなくて、少し困らせてやりたかっただけ。レイヴィンだって聞いたことがあるでしょう？　第五王女ミュリエルは甘やかされて育ったから、我が儘で癇癪《かんしゃく》持ちだって」

もちろんこれは単なる噂だ。確かにミュリエルは末子《まっし》のため、両親や兄姉たちに甘やかされて育ったが、根が素直でおおらかな性格のため、我が儘を言ったり癇癪を起こしたりすることはほとんどない。

ではなぜミュリエルのそんな噂が流れているかというと、両親や兄の周囲にいる者たちが彼らの意をくんで、ミュリエルに批判的なことを言った者たちを処罰したり、遠ざけたりしたことが原因だった。配置換えをされたり、降格させられた者たちの不満に、尾ひれがついて回った結果、なぜかミュリエルの我が儘で彼らを辞めさせたという話になってしまったのだ。

「あいにくとそんな話は聞いたことがありません。むしろ、反対のことをあなたをよく知る人物から聞き及んでおります」

レイヴィンは生真面目な顔で答えると、ふっと口元を緩《ゆる》ませた。

「アリストが……王太子殿下が言っておられました。『ミュリエルは確かに両親の過保護のせいで世間知らずなところがあるけれど、我が儘を言って使用人を困らせたり誰かに対して文句を言ったりしたことなど一度もないんだ。外見は確かに子どもだけど、同じ年頃の子たちよりずっとしっかりしているよ』と」

「お兄様が……」

涙が出そうになるほど嬉しかった。いつだってアリストは「みそっかす」のミュリエルを気にかけて慈《いつく》しんでくれる。……けれど、だからこそミュリエルは、自分が一人になりたいと思った理由をアリストには知られたくないのだ。

――お兄様だけじゃない。お母様にもお父様にも、お姉様たちにも。知ったらきっと怒るし、悲しむに決まっているのだから。

「ですから、私は殿下が我が儘や癇癪を起こしてここに隠れたわけではないと思っています。一体、何があったのです？」

「……それは……」

口ごもるミュリエルに、レイヴィンは優しく微笑んだ。

「殿下。ここには私しかおりません。殿下のお話を聞くのは私一人です」

青く澄んだ目で見つめられて、ミュリエルは小さなため息をついた。理由を言わない限りレイヴィンは解放してくれないだろう。

「……アリストお兄様には言わないでくれる？」

ミュリエルは懇願《こんがん》するような口調で尋ねた。レイヴィンは力強く頷く。

「はい。それが殿下のお望みなら、アリスト殿下には言いません」

「お兄様だけじゃなくて、お父様にも、お母様にも、お姉様にも言わない？」

「騎士の名にかけて、ミュリエル殿下から聞いたことは誰にも漏《も》らしません」

きっぱりとした口調で誓うレイヴィンを、ミュリエルは信じた。

「アンネリースお姉様が城に来ていると聞いて、会いにいこうと思ったの」

第三王女アンネリースは二年前、外戚にあたる公爵家に降嫁《こうか》していた。普段は王都から遠く離れた公爵家の領地に住んでいるため、めったに王城にやって来ない。その姉が城を訪れ、父王の執務室にいると聞けば、ミュリエルが会いたいと思うのも無理はないだろう。

「待っていればきっとアンネリースお姉様は私の部屋を訪ねてきてくれたと思う。でも私は一刻も早くお姉様に会いたくて、侍女たちや護衛の騎士にお願いしてお父様の執務室へ向かったの」

ミュリエルが、王族の暮らす主居館から出る場合は両親の許可が必要だったが、幸い父王の執務室は同じ主居館内にある。そのため、侍女や護衛の騎士も快く応じてくれて、ミュリエルは彼らを伴って部屋を出た。

けれど、父王の執務室へ向かう途中の廊下で、偶然にもミュリエルは使用人たちの噂話を耳にしてしまったのだ。

『先ほど陛下の執務室へ向かうアンネリース様をお見かけしたの。相変わらず美しいお姿で……。本当に我が国の王族は皆様、麗しい容姿の方ばかりね』

先導する護衛騎士の後に続いてミュリエルが角を曲がった時、廊下の先で三人の若い侍女が立ち話をしていた。彼女たちはミュリエルたちには気づかず、おしゃべりに夢中だった。

『あらやだ。皆様じゃないでしょう？』

三人のうちの一人が意味ありげな口調で笑った。

『第五王女のミュリエル様は別よ。あの特徴のある髪の色や瞳の色を除けば、国王陛下や王妃陛下の血を引いているとは思えないほど平凡な容姿だし、家庭教師の方々の話だと頭の方も第四王女エルヴィーネ様には遠く及ばないらしいわ』

『あら、まぁ』

二人がクスクスと忍び笑いをする。響く廊下の先に、ミュリエル本人がいるとは夢にも思わずに。

『あの王女様は私のおばあ様が言うところの、〝みそっかす〟なのよ』

『みそっかす？』

聞き慣れない言葉に二人が首を傾げた。

『そう。みそっかす。ほら、私の母方のおばあ様は東方の国の出身じゃない？　そのおばあ様の祖国で使われている調味料からできた言葉らしいわ』

侍女の一人はどこか得意げな様子で「みそっかす」の説明をする。

『あの妖精姫《ようせいひめ》を表すのにぴったりな言葉だと思わない？』

そう締めくくった侍女は、仲間の二人が蒼白な顔になっていることに気づき、目を丸くした。そこで彼女たちはようやくミュリエルの姿に気づいたのだった。

「みそっかすというのは、東方の国で使われている味噌という調味料がもとになった言葉なんですって。味噌を漉《こ》した時に出る滓《かす》のことだそうよ。味噌として役に立たなくて価値がないことから転じて、未熟な者とか、のけ者、半端《はんぱ》者を指す意味にも使われるんだって。うまい例えだと思わない？」

苦笑しながらミュリエルが言うと、レイヴィンは眉を寄せた。

「笑いごとではありません、殿下。殿下の前でそのような陰口を叩くなど！　カストルとディケン……殿下の護衛の騎士は何をしていたのです？　そのような不逞《ふてい》の輩《やから》を殿下の前から排除するのも騎士の役目のはずですが？」

言いながらどんどん険《けわ》しくなっていくレイヴィンの表情に気づいて、ミュリエルは慌てて首を横に振った。

「二人は守ってくれようとしたわ。私の侍女たちも」

ミュリエルの周囲にいた侍女や騎士は激怒し、噂話をしていた三人を激しく叱責《しっせき》した。

騎士のディケンなどは、ぶるぶる震えながら平伏して許しを請う三人に向かって剣を抜きかけていたほどだ。それを止めたのはミュリエルだった。

『気にしていないから』と、笑ってその場を収めた。

確かに、王族の陰口を叩くだけでも重い罪に問われるのに、まして本人に聞こえる場所で口にしてしまったとなれば、その場で切り殺されてもおかしくなかっただろう。けれど、ミュリエルは自分のせいで人が殺されるのは嫌だった。たとえ、彼女たちの言葉にどれほど傷ついたとしても。

「命を奪うほどのことではないでしょう？　それに私が『みそっかす』なのは本当のことよ。他の家族と比べて容姿や能力が劣っていることも」

「殿下、自分を卑下《ひげ》するのはおやめください」

「卑下なんてしてないわ。本当のことを言っているだけ」

「殿下……」

顔を顰めるレイヴィンに、ミュリエルは自分の髪の毛をひと房摑んでみせた。

「レイヴィンだって、私が皆になんて呼ばれているか知っているでしょう？　『妖精姫』ですって」

いつの頃からか、ミュリエルは城内の一部の者たちの間で「妖精姫」と呼ばれるようになっていた。銀に青を溶かしたような珍しい色合いの髪と瞳を持ち、実際の年よりも幼く見えるからだろう。

幼い頃、乳母や姉たちがミュリエルに語って聞かせた絵本に出てくる妖精は、主人公たちの味方で可愛らしい姿で描かれていた。だから、ミュリエルは「妖精姫」と呼ばれていることを知った当時は単純に喜んだ。

「妖精姫」という言葉の中に、様々な意味が込められていることを知ったのはいつの頃だっただろう。

「確かに殿下を『妖精姫』と呼んでいる者がいるのは知っております。物語に出てくる妖精のように可愛らしいからでしょう。エルヴィーネ殿下の方は『金の薔薇《ばら》姫』と呼ばれているようですね」

少しだけ表情を緩ませるレイヴィンに、ミュリエルは首を横に振った。

「お姉様と私のでは少し意味が違っているわ。お姉様の方は称賛ですもの。でも私の『妖精姫』という呼び名には小さな身体と変わった容姿というだけではなく、別の意味が含まれているの。——取り替え子という意味よ」

——取り替え子《チェンジリング》。

古い民話では、妖精は美しい人間の子どもを攫い、代わりに醜い妖精の子どもを置いていくと言う。ミュリエルが「妖精姫」と呼ばれるのは、単に変わった髪の色と瞳を持っているからというだけではない。国王と王妃の実子ではなく、取り替え子なのではないかという揶揄《やゆ》も含まれているのだ。

もちろん、全員がそういう意味を込めて呼んでいるわけではないだろう。けれど、先ほどの侍女が口にした「妖精姫」という言葉に侮蔑の意味が込められていたのは確かだ。

「殿下！　もし本当にそんな意味で使っている者がいたら、王家に対する侮辱《ぶじょく》以外のなにものでもありません！　殿下が気に病む必要など一つもないのです！」

声を荒らげるレイヴィンに、ミュリエルは目を丸くする。

「レ、レイヴィン？」

「殿下は取り替え子などではありません。青銀の髪と瞳はグレーフェン王家に何代かおきに現れる王族の象徴です。先々代の女王陛下も殿下と同じく青銀の髪をお持ちでした。殿下もそれはよくご存じのはずです」

父王の祖母でミュリエルから見たら曾祖母にあたる先々代の女王は、ミュリエルと同じように青銀の髪を持っていた。もう何十年も前に亡くなっているが、この曾祖母の存在がなければミュリエルが生まれた時に王妃は不貞《ふてい》を疑われていたことだろう。

それほどミュリエルは先に生まれた姉や兄と比べて異質だったのだ。

「確かに曾《ひい》おばあ様は、私と同じ色の髪をお持ちだった。……でも曾おばあ様はこの髪の色を恥じて、国民に隠していたわ」

王族の居住区である主居館には先々代の女王の肖像画が飾られている。瞳の色こそ碧色だったが、その髪の色はまさしくミュリエルと同じ青銀色だ。

ところが、先々代の女王が自分の髪を晒しているのは、家族向けのその一枚だけ。生前、描かれることを好まなかったという先々代の女王が残した肖像画は少なく、そのどれもがベールを被って髪の毛を隠しているものだった。

――曾おばあ様も自分の髪を恥じていたのだわ。だからこそ隠していた。あるいは隠すように周りに言われていたのよ。

ミュリエルが主居館から出る時には、必ずベールを被らされるように。

「それは誤解です。先々代の女王陛下は青銀の髪を恥じていたわけではありません」

「ならば、どうして私はこの主居館から自由に出られないの？　出る時はベールを被らなければならないの？　この髪や目を隠さなければならないからでしょう？」

相手が家族でないせいか、ミュリエルの口からいつもは決して口にしない言葉が飛び出していた。

――私ったら、こんなことを言っても相手を困らせるだけなのに。

案の定、レイヴィンは口ごもる。

「それは……殿下の身の安全のために陛下がお決めになったことです。恥だと思っての処置ではありません」

「嘘よ。結局、この髪と目がだめだから、他人の目に触れさせないようにしているんでしょう？　――そんなこと、分かってるわ。でも私だって、好きでこんな髪と目で生まれたわけじゃないのに！」

心の中でいつもくすぶっていた思いが、つい口をついて出る。中庭にミュリエルの叫びがこだました。

「殿下……」

困ったように、痛ましそうに見つめるレイヴィンの表情に、ミュリエルは我に返った。

――……これだから、みそっかすなんて言われるんだわ。

みっともなく声を荒らげるなど、王族らしい振る舞いとはとても言えない。

「ごめんなさい……大声出して。あなたのせいじゃないのに」

シュンとなって俯くと、レイヴィンは首を横に振った。

「いいえ、私の方こそ、殿下のお気持ちを考えずに勝手なことを申しました。無礼をお許しください。ただ、陛下やアリスト殿下、それにエルヴィーネ殿下も、ミュリエル殿下のことを大切に思っています。それだけは決して疑わないでください」

「分かっています」

家族の愛情を疑ったことはない。皆、どんなに忙しくても暇を見つけてはミュリエルに会いに来てくれる。

――大好きな家族。私の自慢。……だからこそ、私のことで煩《わずら》わせたり悲しませたりするのは嫌。そう思って頑張っているけれど、時々どうしても家族であることが苦しくなってしまう……。

「それで殿下、話を戻しますが、不届き者たちの噂話を聞いてしまった後、どうしてこのような場所に隠れることになったのですか？」

レイヴィンの質問にミュリエルは顔を上げ、それから再び俯いてしまった。

「……あの後、お父様やお姉様たちに会いにいく気分じゃなくなったから、部屋に戻ったの。侍女たちも騎士たちも皆で私を気遣ってくれた。でも……」

皆が気遣ってくれることが逆に辛くなってきてしまったのだ。気にしていないフリをするのも限界だった。

「気分を変えるために、庭にいこうと部屋の外に出たとたん、急に何もかもから逃げ出したくなって、一人きりになりたくて……気づいたら走り出していたの。こ、この木の茂みは前に中庭に出た時に気づいていて、私のような子どもの体型なら隠れることができると思ったから……だから……」

言いながら、ミュリエルの声はどんどん小さくなっていった。

一人きりになりたいという衝動が収まった今、自分の行動がどれほど愚かだったか、改めて気づかされたのだ。

「皆に迷惑をかけてしまったわね。癇癪なんて起こして、本当に私ってみそっかすだわ」

苦々しい笑みがミュリエルの小さな唇に浮かぶ。

「身体だけじゃなくて、心もまだまだ未熟で子どものまま。エルヴィーネお姉様のように素敵な淑女にはなれないんだわ……」

「いいえ、殿下は立派な淑女です。不届き者たちの言葉を耳にしてしまったのは不幸な出来事でしたが、殿下はその場で感情的にならず、騒ぎが最小限ですむように対処なされた。未熟な子どもであったら無理だったでしょう」

「そ、そうかしら……？」

　褒められて、ミュリエルの白い頬にさっと紅が差す。恥ずかしくなってレイヴィンから視線を逸らしながら言った。

「でも……部屋を飛び出して、侍女や騎士たちから隠れるのは、淑女と言えるのかしら？」

「確かにそれは淑女らしい行動とは言いがたいかもしれませんね」

　レイヴィンは苦笑を浮かべながら答えた後、「でも……」と続けた。

「傷ついた心を隠して無理に笑うくらいなら、逃げ出しても構わないのではないかと、個人的には思います。侍女や護衛の任についている者は肝を冷やしたかもしれませんが、彼らもあなたが無理して笑うことなど望んではいないでしょう。殿下が穏やかに心から笑っていることを皆は願っているはずです。むろん、私もです」

　微笑みながらレイヴィンは言うと、腕に抱えたままだったミュリエルをそっと地面に下ろした。

「レイヴィン？」

　てっきり、逃げられないように抱き上げられたまま部屋に帰されると思っていたミュリエルは、レイヴィンの行動に目を丸くする。

　レイヴィンは再び地面に片膝をつき、ミュリエルの小さな手を取ると、その甲にキスを落とした。

「誰よりも清らかなミュリエル殿下。心からの忠誠をあなたに。……どうやら私も一族の呪いに囚われてしまったようです。ですが、後悔はありません」

「レ、レイヴィン!?」

ミュリエルは突然の出来事にうろたえる。

騎士が片膝を地面につき、相手の手を取ってキスをするという動作は、騎士がもっとも活躍したハルフォーク帝国の時代において、彼らが主君や崇拝する女性に忠誠を誓う時に行っていた所作だった。だが、今はその誓いをする者はほとんどおらず、騎士の叙勲《じょくん》の時に行われる誓いの儀式にその名残がある程度だった。

「あの、レイヴィン？　なぜ……」

呆然と、レイヴィンのくすんだ金髪を見下ろす。

突然、しかも自分に向かってなぜレイヴィンが誓いを立てるのか理解できなかった。

レイヴィンはミュリエルの手を放すと、片膝をついたまま彼女を見上げた。その眼差しは思った以上に真剣なものだった。

「私が見落としていたことを殿下が教えてくれたからです。私は今まで、騎士として陛下をはじめ王族の皆様の身を守ることだけを考えていました。けれど、殿下のお話を聞いて、心をお守りすることも重要なのだと気づいたのです」

「心を……守る？」

「はい。殿下をはじめ王族の皆様は、自分たちのことよりも、国や我々臣下や国民のことをお考えくださる。個人の願望を押し殺しても。私たちはずっとそれに甘えてきたのです。

今回も、殿下は傷ついていたにもかかわらず、侍女や護衛の騎士たちのために無理に笑おうとなされた。その結果、よけいに殿下は傷ついた。……騎士は殿下の御身は守れましたが、殿下のお心は守れなかった。それを痛感いたしました。私の、いえ、騎士団全体の失態です」

そんな大げさな、とミュリエルは思った。

「レイヴィンのせいではないし、皆、ちゃんと私を守ってくれて……」

「では、なぜ殿下は一人でこのような場所におられるのですか？　これこそ、私たちが殿下の心を守れていない証。……でも、そんなことを言えば、また殿下は気にされてしまう。ですから、誓いを捧げました。心からのお詫びと、新たな決意を込めて」

言いながら、レイヴィンは右の手のひらを自分の左胸に当てて頭を下げた。それは古式ではなく、現在、騎士団で使われている敬礼だった。

「このレイヴィン・ブラーシュ。ミュリエル殿下に心からの忠誠を。これからはあなたの剣となり盾となり、御身だけではなく、殿下を傷つけるあらゆるものから守ると誓います。ですから、お傍にいさせてください」

ミュリエルは立ち尽くしたままレイヴィンを見下ろす。

二つの方法で捧げられた誓い。それはとてつもなく尊くて大事なものだ。

――レイヴィンは騎士の誓いを捧げてくれた。私はそれに応えたい。

ただ、一つだけ問題があった。こういう時にどう返答すればいいのか分からないのだ。

──騎士に忠誠を誓われた君主や貴婦人たちはどうやって返答していたのかしら？　ああ、もっと真剣に礼儀作法の授業を受けていればよかったわ……！

「あの、その、どうすれば……」

オロオロしていると、くすっと笑いながらレイヴィンが顔を上げた。

「簡単です。『許す』と言ってくだされればいいのです」

「……ゆ、許します」

「ありがとうございます、殿下。誠心誠意お仕えいたします」

レイヴィンはにっこり笑って立ち上がり、ミュリエルに手を差し出した。騎士らしく、剣を握る手とは反対の左手だ。

「それでは殿下、お手を。部屋までお連れしましょう」

「……はい」

ミュリエルははにかみながらその大きな手のひらに自分の小さな手をのせた。

レイヴィンにエスコートされて、中庭を出る。ミュリエルはつい先ほどまで落ち込んでいたことも忘れ、すっかり夢見心地だった。

エスコートと言っても、はたから見たら、妹と兄が手を繋いで歩いているようにしか見えないだろう。

それでもミュリエルは構わなかった。

──彼は私を子ども扱いしない。私の気持ちも理解してくれている。

家族か侍女たちくらいとしか会話らしい会話をしたことがない彼女は、自分の人生に飛び込んできて守ると言ってくれたレイヴィンと一緒にいられるのが嬉しくてたまらなかった。

問われるまま、自分の普段の生活について話していると、あっという間に自室の近くまでたどり着く。

子どもの足で走っていける距離などたかが知れている。もともとミュリエルが隠れていた中庭から部屋までそれほど距離はないのだ。

――もう着いちゃった……。

残念に思ったその時、廊下を小走りにやってくる兄アリストの姿に気づく。

「ミュリエル！」

ミュリエルが姿を消したことが、アリストにまで伝わってしまったのだろう。王太子としての公務で忙しいだろうに、アリストは護衛の騎士を二人ほど引きつれて、わざわざ部屋まで駆けつけてくれたのだ。

「ああ、ミュリエル、無事でよかった！」

アリストは二人の前まで来ると、レイヴィンからひったくるようにしてミュリエルの小さな身体をぎゅっと抱きしめた。

「お兄様」

「お前の姿が消えたと聞いて心配したよ。捜しても見つからないと言うし、心臓がどうにかなるかと思った」

「ごめんなさい、お兄様。心配かけて」

ミュリエルも、アリストの背中に精いっぱい手を伸ばして抱きつく。慣れ親しんだ兄の抱擁に、張りつめていたものがすべて解《ほど》けていくのを感じてミュリエルはほぅと息を吐いた。安心しきったような笑みが浮かぶ。

二人から一歩離れて様子を見ていたレイヴィンは、ふにゃりと笑み崩れたミュリエルを優しい眼差しで見守っていたが、当のミュリエルはアリストに気を取られて彼の様子に気づくことはなかった。

今年二十三歳になる王太子アリストは、一言で言えば「王子様」だ。

輝くような金髪と少し灰色がかった青色の瞳。父王譲りの端正で甘い顔だちと柔和な物腰で、グレーフェン国中の女性の人気を集めている。兄のアリストは、ミュリエルがもっと幼い頃に読んだ絵本に出てくる「理想の王子様」をそのまま具現化したかのような人物だった。

優れているのは容姿だけでなく、賢くて聡明でもある。ミュリエルにとって自慢の兄だ。

「ごめんなさい。ごめんなさい、お兄様」

「お前が無事だったらいいさ」

アリストは顔を上げて、ミュリエルの額に何度も唇を押し当てた。やがて腕の力を抜いてミュリエルを放すと、ようやくアリストの視線がレイヴィンに向けられる。

「レイヴィンがミュリエルを見つけてくれたんだね、ありがとう。助かった」

「恐れ入ります。大騒ぎになる前に殿下を見つけることができてよかったです」

レイヴィンはアリストと視線を交わし、声なき会話を交わしながらさらりと答える。

「さて、ミュリエルの無事をこの目で確認できたし、僕は公務に戻るよ」

背筋を伸ばしながらアリストが言った。

「レイヴィン、ミュリエルの部屋はすぐ目と鼻の先だが、ちゃんと送り届けてくれ。ミュリエル、アンネリースは父上の執務室に寄った後、すぐに帰ったよ。残念だけど、次の機会を待つんだ」

「え？　アンネリースお姉様、もう帰ってしまわれたの？」

ミュリエルは驚いてアリストを見上げた。一年ぶりに王城に来たというのに、ミュリエルと顔を合わせる間もなくアンネリースが帰ったと聞いて、ショックを受ける。けれど、その後のアリストの説明を聞いて、衝撃はすぐに喜びに変わった。

「アンネリースは父上の執務室で具合が悪くなったんだよ。だから、公爵に連絡を取って迎えに来てもらった。実はね、ここだけの話なんだけど、アンネリースはおめでたらしい」

「まぁ、アンネリースお姉様に赤ちゃんが！」

「ああ。アンネリースは妊娠を知り、喜びのあまりに父上のところに報告に来たが、自分の体調のことはまったく考慮していなかったらしい。父上と会っている最中に立ちくらみを起こし、知らせを聞いてやって来た母上に叱られて公爵邸に丁重に戻された。もっと体調が安定したら、改めて報告に来るそうだ。その時には会えるだろう。だから、今日のところは大人しく部屋の中にいるんだよ」

　アンネリースと会えないのは残念だが、そういう理由なら仕方ない。吉報《きっぽう》に心を弾ませながらミュリエルはこくんと頷いた。

「はい。お兄様。……心配かけてごめんなさい」

「さっきも言ったけど、お前が無事ならそれでいいんだ」

　ミュリエルの頭を優しく撫でて、アリストは去っていった。その後ろ姿を見送ってから、ミュリエルはレイヴィンに伴われて自室へ戻る。

　部屋の前で待っていた二人の護衛騎士カストルとディケンはミュリエルの姿を見て、ホッと安堵の息を吐いた。二人は散々ミュリエルを捜し回ったのだろう。うっすら汗をかいているのが目に入って、ミュリエルは罪悪感で胸が苦しくなった。

「ごめんなさい、二人とも」

「いいえ。殿下。ご無事で何よりでした」

　若くて気のいい二人は嫌な顔一つすることなく、ミュリエルに微笑みかける。もう一度「ごめんなさい」と繰り返した後、ミュリエルは何かに気づいたように、傍らに立つレイヴィンを見上げた。

「レイヴィン。二人は少しも悪くないの。だから罰したりしないで！」

　二人が自分の姿を見失ってしまったことで罰を受けるのではないかと思い、ミュリエルは訴える。

「私が隠れたりしたからいけないの！　だから、だから――」

「はい。分かっております、殿下」

　安心させるように微笑みながらレイヴィンは頷いた。

「殿下が心を痛めるようなことにはなりません。私が保障します。……ただし、この二人はまだまだ未熟であることが判明したので、少しばかり特訓をする必要がありますが」

　その言葉を聞いて、カストルとディケンは顔を引きつらせる。だが、ミュリエルの手前、賢明にも二人は何も言わなかった。

　部屋の中に入ると、扉の外の騎士たちと同じように安堵の吐息をつく侍女たちに迎えられた。

「姫様、よかった……本当に」

「ごめんなさい、皆、心配かけて」

　レイヴィンに見守られながら、ミュリエルは素直に謝った。不思議なことに、この部屋を飛び出した時に感じていた辛さややるせなさ、腹立たしさや叫び出したくなるような衝動は、綺麗さっぱりミュリエルの中からなくなっていた。

　心配そうに見つめる侍女たちを見ても、今はただ申し訳ないと思うだけだった。

「いえ、私たちも姫様の気持ちを慮《おもんぱか》ることができず、かえって辛い思いをさせてしまいました。申し訳ありません」

「皆は何も悪くないの。私が未熟だっただけ。私はきっとこの先も同じように失敗すると思う。お姉様たちのように、完璧にはなれないもの。それでも、私の傍にいてくれる？」

「もちろんですとも！」

一番にそう答えたのは、侍女見習いのモナという名の少女だ。大人に囲まれて育ったミュリエルにとって、一歳しか離れていないモナは親近感を覚える相手だった。

——そういえば、モナは私が部屋を飛び出す直前、あれこれ気を使って話しかけてきた侍女たちとは違って、私に何も言わなかったわ。

明るくて闊達《かったつ》なモナは、ミュリエルの侍女の中でも一二を争うおしゃべり好きだ。それなのに、逃げ出す前はミュリエルとつかず離れずの距離を保ったまま話しかけてこようとはしなかった。……まるで、放っておいてほしいというミュリエルの気持ちを理解していたかのように。

今、そのモナはにこにこ笑いながら、明るい声でミュリエルに話しかけている。

「皆、姫様が大好きなんです。だから、姫様が癇癪を起こしてもちっとも気にしません」

「癇癪……そうよね、癇癪よね、あれは。でも……ありがとう、モナ」

苦笑しながらもお礼を言うと、モナの言葉を皮切りにして侍女たちが次から次へとミュリエルに声を上げた。

「モナの言うとおりです。私たち、姫様にお仕えできることを誇りに思っています！」

温かい言葉に迎えられながら、ミュリエルはモナに深く感謝する。そのミュリエルを穏《おだ》やかな光をたたえた青い目が見守っていた。

「殿下、それでは私はこれで」

「ありがとう、レイヴィン」

迷惑をかけた相手すべてにミュリエルが謝罪するのを見届けると、レイヴィンは爽《さわ》やかな笑顔を残してミュリエルの部屋から去っていった。


自室に落ち着いたミュリエルだが、大人しく部屋の中でくつろいでいる暇はなかった。レイヴィンと入れ替わるようにしてすぐ上の姉、エルヴィーネが部屋を訪れたからだ。

「ミュリエル、あなたの姿が見えないと侍女や騎士たちが捜していたと聞いたわ。大丈夫だったの？」

「心配かけてごめんなさい、エルヴィーネお姉様」

どうやらエルヴィーネも、ミュリエルが行方不明になったと聞いて、心配して来てくれたらしい。

「あなたの無事な姿を見て安心したわ」

美しいエルヴィーネの顔に、微笑が浮かぶ。周囲にいた侍女たちが「ほぅ」と感嘆のため息を漏らしているのを見て、ミュリエルは内心苦笑した。

第四王女のエルヴィーネは王妃譲りの美貌を備えた、「麗《うるわ》しの」という形容詞がとても似合う女性だ。キラキラと光る金色の髪に、青と緑が混ざった孔雀石《くじゃく》のような美しい瞳。アリストが「王子様」ならエルヴィーネはまさしく物語の世界の「お姫様」だろう。

エルヴィーネが備えているのは美しさだけではない。彼女に勉強を教えていた家庭教師が舌を巻くほど賢いのだ。その聡明さと美しさの評判は国外にまで届き、まだ社交界デビューもしていないのに、縁談の話が多く舞い込んでいると聞く。

「完璧なお姫様」であるエルヴィーネ。憧れであり目標でもある一方で、たった三つしか違わないせいで、比較されることも多く、ミュリエルは姉に対して少し複雑な思いを抱いていた。

ミュリエルは何をやってもエルヴィーネに遠く及ばない。容姿も、もって生まれた才能も。

——気にしないようにしているけれど、姉妹でなければ……。ううん、私もお姉様のような金髪碧眼で生まれていれば……。

そんなふうに思ってしまい、次に罪悪感に囚われる。

——お姉様は私をとても可愛がってくださっているのに。

「そういえば、あなたを見つけたのは騎士団の副総長レイヴィンだそうね」

不意に姉の口から出た名前に、ミュリエルはドキンとした。

「は、はい。レイヴィンが私を見つけて、この部屋まで送り届けてくれました。お姉様は彼をご存じなんですか？」

ミュリエルは思わず尋ねたが、これは愚問だっただろう。レイヴィンはアリストの幼馴染みで、今は騎士団の副総長の座についている。彼を知らないわけがないのだ。

けれど、姉の口から出たのは予想外の言葉だった。

「ええ。数年前まで彼はわたくしの護衛の任についていたもの」

「レイヴィンがお姉様……の護衛に？」

なぜかミュリエルはそのことに強い衝撃を覚えていた。そんなミュリエルに気づくことなく、エルヴィーネは懐かしそうに目を細める。

「わたくしがあなたくらいの年齢の時だったかしら。何度か攫《さら》われかけたことがあるの。それで騎士団でもっとも剣の腕が立つレイヴィンがわたくしの護衛についてくれたのよ。数年前、副総長に任命された時にわたくしの護衛からは外されたけれど、彼には、過去に何度も助けられているの。わたくしの恩人よ」

「そうだったんですか……」

――レイヴィンがお姉様の護衛だった。レイヴィンはお姉様にも跪いて、手にキスをして忠誠を誓ったのかしら……？

なぜか胸がちくりと痛んだ。

その時ふと、ミュリエルの脳裏に、幼い頃に見た光景が蘇《よみがえ》る。

窓の外を歩くエルヴィーネと護衛の騎士。二人は親しげに笑いながらどこかへ消えていった。

――ああ、もしかして、レイヴィンはあの時お姉様と一緒にいた騎士……？　そういえば、お姉様が呼んでいた名前は確かに彼の名前だったわ。

「真面目で、真摯で、とても頼れる方よ。お兄様にも信頼されているわ。あなたを見つけてくれたのが彼でよかった」

「はい……」

ミュリエルはこくんと頷きながら、小さな手でそっと胸を押さえた。

――お姉様とレイヴィン。美男美女でとてもお似合いだわ。……なのに、どうしてこんなに胸が苦しいのかしら？

初めて覚える感情に、ミュリエルは戸惑いを隠せなかった。

＊＊＊

一方、ミュリエルの部屋から出たレイヴィンを廊下で待っていたのは、執務室に戻っていったはずの王太子アリストだった。

「公務に戻るはずだったのではないですか？」

指摘したレイヴィンに、アリストは秀麗な顔を顰める。

「話があると合図しただろう？　それに公務はもう終わったよ。僕は優秀なんでね」

「そうですか」

「まぁ、正確に言えば適当なところで終わらせて、あとは宰相に押しつけてきた。ご機嫌伺の大使のご挨拶とやらを聞くだけの簡単な仕事だ。僕がいなくても問題ないさ」

朗《ほが》らかに笑うアリストは溺愛《できあい》する妹に見せるのとは少し違った顔を見せる。王子様然としたところが薄れ、少しぞんざいな印象だ。幼馴染みに対する気安さ故だろう。

にこやかな外見に騙されて、彼を見た目通りの優しい男性だと思っている者も多いが、レイヴィンに言わせれば、笑顔の裏に鋭い刃物を隠して、相手をちくちく刺すような腹黒い男だ。

しかしアリストはミュリエルに決してその面を見せない。ミュリエルに対するアリストは外見どおりの優しくて愛情深い兄だ。

どちらのアリストが本性かと問われれば、どちらも彼であると言うしかないだろう。気心の知れたレイヴィンに見せる狡猾《こうかつ》な面も、妹に見せる甘い面も、臣下たちに見せる顔も、どれも間違いなくアリストなのだから。

――そういえば、エルヴィーネ殿下もそうか。

かつて護衛の任についていた王女のことを思い出し、レイヴィンはため息をついた。溺愛する末妹にはとことん甘く優しい一方、意外に頑固で、気心の知れた相手には無茶を言ってくるのだから、似た者兄妹だと言わざるを得ない。

――そう言った意味では、あの可愛らしい殿下はまったくお二人には似ていないな。

一癖も二癖もある王族の中にあって、ミュリエルだけは素直であどけなくて、弱々しくて……そして年齢のわりにとても大人だった。

自分の気持ちを優先していい場面でも、他人を気遣って我慢してしまう。その辛抱強さは、騎士として己を律するレイヴィンも感心するほどだった。

どうりであのアリストやエルヴィーネが溺愛するわけだ。温室から出せばすぐに萎《しお》れてしまう貴重な花を思わせる少女だった。

――ならば、我が家にも同じように過ごせる温室を作り上げればいい。そうすればあの人は萎れてしまうことはないだろう。

そんなふうに考えてしまう自分をレイヴィンは笑った。

――ああ、もうすっかり囚われてしまったのか、俺は。まさしくブラーシュ家の血の呪いそのものじゃないか。

けれど、それはすでにレイヴィンにとって恐怖ではなくなっていた。それどころか今はこの囚われた状態が楽しくてならなかった。

「時間がもったいないし、ここだと誰が聞いているか分からない。僕の部屋に向かいながら話そう」

そう言ってアリストはさっさと歩き始める。レイヴィンと護衛の騎士がそれに続いた。

「話と言うのはミュリエル殿下のことでしょうか？」

「もちろんだよ。僕の大事なミュリエルが一時的とはいえ、行方不明になった件についてだ」

「アリスト。最初に言っておきますが」

アリストの隣に並びながらレイヴィンは釘をさした。

「ミュリエル殿下と約束しましたので、殿下が部屋を飛び出した理由は私の口からはお伝えできませんからね。私が騎士の誓いを破ることはありません」

「僕はミュリエルの兄なんだが。それでもだめかい？」

「だめです。陛下や殿下には言わないと約束しましたから」

「……相変わらず君は生真面目だね」

アリストは忌々しそうにチッと舌打ちする。彼を理想の王子様だと信じている令嬢たちが見たら、目を剥いただろう。

レイヴィンとアリストは主従関係にあるが、実際は幼馴染み兼悪友といった関係に近い。優しげな顔をしながら、アリストはこう見えてもその気になればいくらでも非情になれるし、かなりの策士でもある。それに、案外、悪戯《いたずら》好きだ。そんな彼をレイヴィンは時に諌《いさ》め、時に巻き込まれて説教をし、時に共犯者として後始末をしたりして、共に歩んできた。

「だが、君に答えを聞くまでもなく何が起こったのか僕は知ってる。カストルとディケンから報告があがっているからね。あの子が部屋を抜け出した理由もだいだい想像がつく」

「さすが、早いですね。それで、どうするんです？」

「すでに、その三人の侍女を厳罰に処すよう通達した。ミュリエルの温情で命までは取らないが、それなりの罰が下される。王族の住まうこの主居館で平気で陰口を叩くような者たちだから、当然の報《むく》いだ」

アリストの声に冷たさが加わる。レイヴィンは慣れているが、おそらく妹のミュリエルは過去に一度も聞いたことがないほどの冷淡な口調だろう。

「ミュリエル殿下の耳に彼女たちへの処罰の内容が届かないようにしないといけませんね」

王族でありながら侍女一人ひとり丁寧に声をかけていたミュリエルを思い出し、レイヴィンは強い庇護欲を覚えていた。

――守って、差し上げなくては。

「ああ、ミュリエルはまた気にするだろうからね。あの子は王族としてはとても優しすぎるから、僕らが気をつけないといけない」

ミュリエルのことを語る時、アリストの口調はとても柔らかくなる。レイヴィンは、なぜアリストが妹王女の中でも特にミュリエルを溺愛するのか、前は少しだけ不思議に思っていたが、今はその理由が分かる気がした。

血の繋がった妹という理由だけではないのだ。ミュリエルにはどこか人を惹きつけるものがある。囚われているのは『ハルフォークの青銀』に狂っている自分たちの一族だけではない。

「ミュリエル殿下と二人だけで話をしたのは今回が初めてだったのですが、不思議な方ですね」

レイヴィンは口元を緩めながら口を開いた。

「外見は子どもなのに、妙に大人っぽい思考もお持ちのようです。思慮深いと言いますか……そのアンバランスなところが妙に、その……」

そそられる、と言いかけてレイヴィンは口ごもる。相手は気心の知れた相手ではあるが、ミュリエルの兄だ。逆上して剣を抜く可能性も否定できなかった。何しろレイヴィンですらあきれ返るほど、アリストはミュリエルに関することでは人が変わるのだから。

「アンバランスじゃなくてギャップと言ってほしいね！　そうだろうとも。それがあの子の最大の魅力だよ」

アリストはレイヴィンの言いかけた言葉を気にする様子もなく笑った。

「あの子と会話した人間は例外なくあの子を庇護して守りたくなる。特に騎士などイチコロだろうさ。騎士の『護る』という本能があの子によって刺激されるんだ。あの子の護衛の任に就きたいと希望する騎士が後を絶たないのも分かるだろう？」

「楽しんでいますね、アリスト」

実に楽しげに笑うアリストに、レイヴィンは眉を寄せる。

「楽しいとも。屈強な男たちが子どもにしか見えないあの子の魅力に嵌まっていくのだから、こんなに楽しいことはない。まぁ、その魅力に一番とりつかれているのが僕ら家族なんだけどね」

　屈託なく笑った後、アリストは不意に笑みを消した。

「……でも、だからこそ、僕らはあの子を外には出せない。晒せない。魅了の力云々ではなく、あの子の持つ色『ハルフォークの青銀』は危険すぎる。僕らはこの国の安全とあの子の安全のために、隠すしかないんだ……」

　本人が文句を言うことはないが、実質的にミュリエルは軟禁状態にあった。主居館以外は自由に出歩けないし、建物の外に出る時は厳重に警護され、ベールも被らなければならない。すべてはあの青銀の髪と瞳を隠すために──。

「曾おばあ様の時は、髪だけなのに大騒動になり、あやうく戦争が起こりかけたほどだ。髪も瞳も揃っているだなんてあの国に知られたら、八十年前の繰り返し……いや、もっとひどいことが起こるかもしれない。とてもそんな危険はおかせないさ」

　やれやれという口調でアリストは続ける。

「ハルフォーク帝国が滅びたのは大昔だというのに、一部の国ではまだ『ハルフォークの青銀』にとりつかれている。まったく、迷惑な話さ」

「ミュリエル殿下ご本人は、ご自分の髪を恥だと思っておられるようです。……それをはっきりと否定しないのは、殿下が自発的に髪と瞳を隠すようにするためですか？」

　隣を歩くアリストにちらりと視線を向けると、彼は答えないまでも肩を竦《すく》めた。

「そのとおりですか。……そういうやり方はよくありませんよ、アリスト。殿下がかわいそうです。あんな綺麗な髪と目をお持ちなのに、それを恥だと思わせ自ら隠すように仕向けるなど」

ミュリエルが王族と思えないほど謙虚なのは、本人の性格もあるだろうが、己の髪と瞳を恥じていることが主な原因だ。

もしミュリエルがアリストと同じように金髪と碧い目を持って生まれたら、もっとのびのびと育ったことだろう。

「僕だって父上だって好きでやっているわけじゃないし、僕はミュリエルに事あるごとに、自分の髪と瞳を恥じることはないと伝えてるさ！」

アリストは口を尖らせる。

「だけど、外ではベールを被らせることを強要しているから、説得力がないんだ。今ではすっかり髪と目を晒すことを恐れるようになってしまった。でも……あの子には気の毒だけど、隠して秘密にするしか方法はない。他にいい案があったら、こっちが教えてほしいほどさ」

やがてアリストの部屋にたどり着いた二人は、護衛の騎士と侍従を下がらせて騎士団についての細々《こまごま》とした相談を行った。

騎士団の総長はアリストだが、公務で忙しい彼の代わりに実質的に騎士団を動かしているのは副総長のレイヴィンだ。

ただ、国王が騎士団の総長を務めていた時は、当時の副総長にほぼ丸投げだったようだが、アリストは違う。忙しいながらも、積極的に騎士団の運営に関わろうとしている。そんな彼のもとを訪れ、騎士団のことを報告し、決裁を仰ぐのがレイヴィンの日課だ。

「それではそのようにいたします」

「うん。頼むよ」

騎士団の報告が終わったタイミングで、レイヴィンは気になっていたことを口にする。

「ところでミュリエル殿下のことですが、今は隠し通せていても十六歳になればお披露目《ひろめ》をしないわけにはいかないのでは？」

この国の貴族女性は十六歳になると社交界デビューをする。王族も例外ではなく、王女が十六歳になると国内の貴族や諸外国の王族が招待されて、盛大なお披露目パーティが催されるのが慣例になっていた。

来年、十六歳を迎えるエルヴィーネのお披露目のために、もう今から準備が始まっている。四年後には第五王女ミュリエルのお披露目がされるはずだ。……通常ならば。

「それなんだよね」

アリストは机に頬杖をつくと、深いため息をついた。

「ミュリエルの姿は隠されてはいるけれど、第五王女の存在は知られているから、お披露目をしないわけにはいかない。やらないと諸外国に下手に勘ぐられる恐れがある。かと言って、お披露目の場で終始ベールを被っているわけにもいかない。髪の毛だけなら染めることもできるが、瞳は無理だし……ああ、それを考えると今から頭が痛い」

テーブルの上に置かれた花瓶を睨みながら、アリストは独り言のように続けた。

「最悪の場合は、公的にミュリエルは死んだことにするしかないけど、今でさえ不自由を強いているあの子にこれ以上の負担をかけるのはなるべく避けたいんだよ」

「私に提案があります。ミュリエル殿下の存在を公的に消さなくてすみ、お披露目の問題も、諸外国からの干渉問題も解消できる案です」

「何だって？」

レイヴィンの思わせぶりな言葉に、アリストは弾かれたように顔を上げた。レイヴィンはにっこりと笑いながらアリストに耳打ちする。

「私の提案は――」

提案のすべてを聞いたアリストに頭を抱えた。

「確かにそれなら、あの子の髪と瞳を晒さずにすむし、お披露目も同時にすますことができる……でもなぁ、父上がなんと言うか……うーん……」

苦悩するアリストに、レイヴィンは爽やかな笑顔と声で迫った。

「まだ時間はありますから、どうかご検討のほど、よろしくお願いします」

――『ミュリエル殿下に心からの忠誠を。これからは剣となり盾となり、御身だけではなく、殿下を傷つけるあらゆるものから守ると誓います』

そう誓ったレイヴィンの気持ちは本物だった。

騎士は約束を違えることはない。

――ミュリエル殿下。ベールを必要とせず、自由にその姿を晒せる場所を。安心して笑っていられる場所をあなたに贈りましょう。

# 第二章　突然の結婚話

中庭での騎士の誓いから四年。ミュリエルは十六歳になっていた。

「姫様、こちらです！　ここからなら試合の様子がよく見えます！」

侍女のモナがミュリエルを騎士団の宿舎の二階にある回廊に導く。モナとはあれ以来すっかり仲良くなり、今ではミュリエルにとって欠かすことのできない大事な存在になっていた。モナも見習い期間が終わっても実家に帰ることなくミュリエルの正式な侍女として仕え続けている。

「特等席ですよ、姫様。ここには私たちだけしかいません！」

モナの言うとおり、吹き抜けになっている回廊には、ミュリエルとモナ、それから護衛としてついてきた騎士のカストルしかいなかった。

それもそのはず。今日は半年に一度行われるグレーフェン騎士団の模擬試合の日で、護衛などの任務についていない騎士たちはほぼ全員階下の中庭に集合しているのだ。

「何とかレイヴィンの試合には間に合ったかしら？」

ミュリエルは手すりに手をかけ、頭と顔を覆っているベールが落ちないように気をつけながら下を覗き込んだ。

一階の中庭にはずらりと騎士たちが並び、回廊には模擬試合を見ようと大勢の見物人が詰めかけている。

普段、騎士団の宿舎には関係者以外が立ち入ることはできないが、この模擬試合の日だけは門が開放されていて、誰でも見物することができるのだ。

ただし、立ち入ることができるのは、建物の一階のみ。ミュリエルがこうして二階の回廊から試合を眺めることができるのは特別な措置だった。

カストルが中庭を覗き込んで、ミュリエルに言う。

「ちょうど優勝者が決まったところのようですね。大丈夫です、殿下。レイヴィン副総長の試合はこれからですよ」

その言葉のとおり、中庭の中央に模造剣を手にした一人の騎士が出てくる。騎士たちの声援に迎えられていることから、どうやら彼が今回のトーナメント戦を勝ち上がってきた優勝者らしい。

彼はこれからレイヴィンと試合をするのだ。

本来なら模擬試合は剣の腕を競い合う場で、優勝者が決まれば少しばかりの賞金と祝いの酒が贈られて終了となるはずだった。ところがいつしか、優勝者はレイヴィンに挑むことができるという趣旨《しゅし》に変わったのだと言う。

「うちの副総長は負け知らずなんですよ。副総長が騎士団に入団してから、一度も負けたことがありません。ただ、あまりに強くて何年も優勝し続けるものだから、他の団員のやる気がなくなりましてね。それで当時の副総長が模擬試合に出ることを禁止してしまったんです」

ところが、打倒レイヴィンに燃えていたとある騎士は、優勝が決まった直後、騎士団一の剣の腕をかけて彼に試合を申し込んだ。レイヴィンはこれに応じ、非公式な試合を行った結果――優勝者に勝ってしまったのだという。

「それ以来、優勝者は副総長に挑むというのが恒例になりました。現在模擬試合は、剣の腕を競うというより、副総長に挑む権利を得るためのものにすっかり変わっております。あ、副総長が出てきましたよ」

カストルの言葉に慌てて中庭を覗き込むと、騎士の集団の中からレイヴィンが出てきた。

「レイヴィン様～！」

一階の回廊から黄色い声が上がる。今日の模擬試合を見るために特別な許可を貰って城にやってきた貴族令嬢たちだ。

去年父親からブラーシュ侯爵位と広大な領地を継いだレイヴィンは、ますます独身の貴族女性たちから注目されるようになっていた。回廊にひしめく女性たちの目的は、模擬試合ではなく、レイヴィンを見ることだった。

「副総長！　頑張ってください！」

「あいつをのしちゃってください！」

黄色い歓声に混じって騎士団員からも声援が上がっていた。

今日一番の声援を浴びながら、レイヴィンが模造剣を手にゆっくりと優勝者の方へ向かっていく。その時ふとレイヴィンの視線が動き、彼の真正面の二階にいたミュリエルの姿を捉えた。

ミュリエルの胸がドキドキと高鳴る。

レイヴィンは微かに微笑むと、手にしていた剣を胸の前に掲《かか》げてみせた。「あなたにこの剣を捧げる」という意味の動作だ。

――ああ、レイヴィン……！

ベールの下で、ミュリエルの頬が赤く染まった。

「きゃあああ、レイヴィン様ぁ、素敵！」

女性たちはミュリエルの姿に気づかず、レイヴィンの剣が自分たちに捧げられたものだと勘違いしたようで、悲鳴にも似た歓声が上がる。

その歓声は審判役の騎士が声を張り上げるまで続いた。

「お静かに！　これより模擬試合の優勝者とグレーフェン騎士団副総長レイヴィン・ブラーシュとの試合を行います！」

とたんに歓声がやんだ。静けさの中、レイヴィンと優勝者は中庭の中央に向かってゆっくりと進む。近づいたところで二人は足を止め、剣を構えた。

人々が固唾を呑んで見守る中、審判役の騎士の声が中庭に響き渡った。

「はじめ!」

試合開始の言葉とともに最初に動いたのは、優勝者の方だった。すばやく踏み込むと、レイヴィンに向かって剣を繰り出す。レイヴィンはその一撃を剣で受け止めた。

キィン、キィンと金属がぶつかり合う音が吹き抜けの中庭に幾度もこだまする。優勝者の騎士は俊敏《しゅんびん》さが自慢らしく、角度を変えて何度もレイヴィンに向かって剣を振るった。レイヴィンはそれを剣で防ぐ。

はたから見れば、レイヴィンが劣勢《れっせい》に立っているように映っただろう。彼は優勝者がすばやく打ち込んでくる剣を防ぐだけで、自分から打って出ようとはしないのだから。けれど、回廊で見物している人々はもちろん、剣術にまったく詳しくないミュリエルにも分かった。

レイヴィンは常に冷静で、余裕があった。どの角度から打ち込まれても彼はそれを易々《やすやす》と防ぎ、受け流している。自分から打って出ようとしないのは、わざとなのだと。

まるで稽古をつけているかのようだ。実際、レイヴィンとしてはそんな気持ちなのだろう。

「くっ……」

打ち合っている優勝者もそれは分かっているようで、悔しそうに顔を顰めると、彼はさらなる攻撃を仕掛けようと深く踏み出して鋭い一撃を繰り出した。それは今までで一番すばやい、重い一撃だった。

それを待っていたかのようにレイヴィンは動いた。彼は斜め上から振り下ろされる剣を、剣で受け止めるのではなく身をひるがえしてひらりと避ける。

「……え？」

優勝者は不意を打たれたように目を見開いた。てっきり今までと同じように剣で防がれると思ったのだろう。だが、その時にはすでに勝負はついていた。剣を避け、すばやく優勝者の後ろを取ったレイヴィンが、彼の首すじに剣先をピタリと突きつけていたのだ。

剣が模造剣ではなく実剣で、そしてレイヴィンがその気であれば、優勝者はこの瞬間に絶命していただろう。

シーンと静まり返った中庭で、ミュリエルは優勝者が息を呑んだ音が聞こえた気がした。

「勝負あり！　勝者はレイヴィン・ブラーシュ！」

審判役の騎士の声が中庭に響く。一拍置いて、わぁという歓声が上がった。

「やりましたわ、レイヴィン様！」

「すばらしい！」

実力の差を目の前で見せつけられた騎士団員たちも感嘆の声を上げる。

「さすが副総長！」

「やっぱりあの人には勝てないのか」

歓声の中、レイヴィンは負けた優勝者に近づいて言った。

「剣筋もいいし、速さも十分だった。だが、焦って踏み込み過ぎだな。これが実戦だったら命はなかっただろう。常に次の攻撃に備えて動けるようにしておくことも重要だ」

優勝者は真剣な顔で頷く。

「訓練します。そして次の模擬戦ではもう少し長く副総長と戦えるように頑張ります！」

レイヴィンは微笑んだ。

「ああ。楽しみにしているよ」

そこへ、レイヴィンと優勝者をねぎらうために騎士団員たちが近づいてくる。

「お疲れ様でした、副総長」

「よくやった。今までの優勝者のように開始直後に剣を弾き飛ばされて終わらなかっただけでも上出来だ！」

「十年後には勝てるようになれるかもな」

すかさずレイヴィンは口を挟む。

「悪いが、十年後もそう簡単に勝たせるつもりはないな」

騎士団員に囲まれて笑っているレイヴィンを、ミュリエルは二階の回廊からじっと見つめた。

ミュリエルの目にはレイヴィンがきらきらと輝いて見えた。

騎士の誓いの日から四年。レイヴィンは二十八歳になった今もほとんど外見は変わっていない。けれど、騎士たちに慕《した》われ、侯爵位を継いだ彼の男性としての魅力はますます磨きがかかっている。

一方、ミュリエルはどうだろう。

自分の身体を見下ろしてミュリエルは自嘲した。

この四年で身長が少し伸びて、身体つきもすっかり娘らしくなった。相変わらず同じ年齢の令嬢たちと比べると小柄で、顔だちも幼いが、さすがにもう子どもには見えない。

けれど、成長したのは外見だけ。ミュリエルは未だに「みそっかす」のままだ。十六歳になったのにお披露目の予定も立っていない。家庭教師からは「エルヴィーネ様はこれくらい簡単におできになっていたのに」と嘆かれるばかりだ。

王族からの信頼も厚く、名声も人望もあるレイヴィンは、今のミュリエルには眩しすぎた。

「お疲れ様、レイヴィン」

なじみのある声が下から聞こえ、ミュリエルはハッとなった。中庭を見ると、ミュリエルの真下あたりから姉のエルヴィーネが現れてレイヴィンに近づいていく。騎士たちは心得たとばかりに後ろに下がって道をあけた。

——お姉様もここに?

ミュリエルがエルヴィーネに気づかなかったのは、姉が真下の回廊にいたからだろう。

「エルヴィーネ様、いらしていたのですね」

少し咎めるような口調でレイヴィンが言った。エルヴィーネは朗らかに笑う。

「ええ。少し時間が空いたので、様子を見に来たのよ。相変わらず強いわね」

「ありがとうございます」

「まぁ、でもそのうちあなたを打ち負かす相手が出てくるかもしれなくてよ」

「もしや、それを期待して毎回見学にいらしているのですか？」

「そうよ」

くすくすとエルヴィーネが笑う。見物人たちは軽口を叩く二人を意味ありげに見守っていた。

チクンと胸が痛み、ミュリエルは思わず手を握りしめる。

エルヴィーネはよほどレイヴィンに心を許しているのだろう。姉があんなふうに親しげに話す異性は多くない。家族か、極めて身近にいる相手ぐらいだ。その「極めて身近にいる相手」の中に、レイヴィンが入っているのは確かで、それは誰の目にも明らかだった。

姉はレイヴィンのことが好きなのかもしれない。少なくとも、特別に思っているのは確かだ。

レイヴィンも、臣下としての礼節を保ちながらも、その軽快なやりとりの中には気安さと遠慮のなさが見てとれる。

噂では、エルヴィーネの結婚相手の候補としてレイヴィンの名が上がっているらしい。十歳近くレイヴィンの方が年上だが、侯爵という身分で名声もあり、申し分ない相手だ。

――お姉様とレイヴィン。美男美女でこれ以上はないくらいお似合いだわ。……そうでしょう？

無理やり自分に言い聞かせると、ミュリエルは想いを振り切るようにレイヴィンから視線を逸らした。

「さて。モナ、カストル。そろそろ帰りましょう」

振り返って二人に告げると、モナは目を見張った。

「レイヴィン様にお声をかけなくていいんですか？」

「ええ。試合も見られたし、十分よ。ねぎらいの言葉はお姉様がかけているし、私は今度レイヴィンに会った時に伝えるわ」

本当は試合の後、見物客に見られないようにレイヴィンに会いにいって声をかけるつもりだったのだが、今はどうしてもその気になれなかった。

ミュリエルはレイヴィンに恋をしていた。慕わずにはいられなかった。

落ち込んで、中庭の茂みに逃げ込むたびに、ミュリエルを捜し当ててそこから引っ張り出してくれるのはレイヴィンだった。彼は家族以外訪れることのないミュリエルの部屋に、暇を見つけては足を運び、珍しい品物や本を贈ってくれる。

副総長として忙しい身なので、長い時間一緒にいられるわけではなかったが、ミュリエルはいつだって彼の細やかな気遣いを感じていた。

『私はあなたの騎士ですから。当然のことです』

返せるものなど何もないのに、ミュリエルに優しいレイヴィン。恋をするなという方が無理だ。

けれど恋を自覚するのと同時に、ミュリエルは自分の想いが届かないことも理解していた。彼はミュリエルにはもったいない人だ。あの美しいエルヴィーネこそ、レイヴィンの人生の伴侶として相応しい。

ミュリエルの境遇に同情し、慰めるつもりで騎士の誓いを立ててくれたレイヴィン。レイヴィンの相手が決まったら、ミュリエルは彼を自分のお守りから解放するつもりだ。

――だからあと少しだけ、あの優しさに甘えさせてほしい。お姉様か、彼に相応しい令嬢が横に立つまでは……。

「ミュリエル殿下！」

モナとカストルを伴って、裏口からそっと出ようとしていたミュリエルは、レイヴィンの声に驚き、振り返った。先ほどまで中庭で騎士たちに囲まれていた彼が、早足でこちらに向かって来る。

「レイヴィン？」

どうやら、ミュリエルがいないのに気づいて追いかけてきてくれたようだ。

「もうお帰りですか、殿下？」

あっという間にミュリエルたちに追いついたレイヴィンが尋ねる。

「え、ええ。この後、歴史の授業があって……」

「でしたら、部屋までお送りしましょう」

ミュリエルは驚いてレイヴィンを見上げた。

「で、でも、騎士たちや見物客を放っておいていいの？」

――それにお姉様も。

「むしろ騎士たちには『副総長がいない方が見物客が早く帰ってくれるので助かる』と言われて追い出されました。殿下、どうか、部下たちに邪険にされた哀れな私に仕事を与えてください」

レイヴィンはにっこり笑うと、ミュリエルに手を差し出した。追い出されたというのはもちろん冗談で、ミュリエルが気にしないようにわざとそんなふうに言っているのだろう。

ミュリエルは自分の手をレイヴィンに預けながら、ベールを被っていてよかったと思った。きっと今、自分の頬は赤く染まり、嬉しさのあまり口元がさぞ緩んでいるだろうから。

追いかけてきてくれた。それが嬉しくてたまらない。

――今だけ、今だけだから。許して、お姉様。

心の中でエルヴィーネに詫びながら、ミュリエルはレイヴィンに手を預け、一緒に主居館に向かう。モナとカストルが気を利かせたのか、少し距離を置いて二人に続いた。

「あ、あの。おめでとう。試合、とてもすごかったわ。レイヴィンが剣を打ち合っているところを見たのはこれが初めてだったけれど、とても強いのね」

少しでも多くレイヴィンの声が聞きたくて話しかけると、彼はにっこり笑った。

「恐れ入ります。ミュリエル殿下をお守りするために、日ごろから鍛錬していますから」

笑顔とともにさらりと言われて、ミュリエルはベールの下でますます赤面する。その時、強い風が吹き、ミュリエルのベールがふわりと浮き上がる。覆われていた青銀の髪が一瞬だけ露《あら》わになった。

「あっ……」

「おっと」

滑り落ちそうになったベールを掴んだのはレイヴィンだった。

「意地悪な風ですね」

彼はベールをミュリエルの頭に恭《うやうや》しく戻しながら悪戯っぽく笑う。ミュリエルも思わず微笑み返した。

「誰にも見られなかったかしら?」

「幸い、周囲には誰もいなかったので大丈夫でしょう」

確かに、裏口から出たおかげか、ミュリエルたちの周辺には誰もいなかった。

「よかった。外でベールがとれて他人に見られたなんてことになっていたら、しばらく外に出られなくなってしまうところだったわ」

ミュリエルがホッと安堵の息をつくと、レイヴィンは慰めるように言う。

「大丈夫ですよ。それに、極端に外出を制限される日々ももうすぐ終わります。……殿下も、十六歳になりましたからね」

「十六歳?　ああ、お披露目ね。確かに、お披露目の場ではベールを被ることができないから、隠す意味もなくなるわね」

「そうですね。でもベールを被ることが許される場合もあります。たとえば——結婚式がお披露目を兼ねている時などは」

「そうね。花嫁はベールを被っているものだから、そういうことになるわね」

この髪と瞳を持つ自分には結婚など縁遠い。そう思いながらもミュリエルは頷く。彼女がレイヴィンの言葉に隠された意味があることに気づくことはなかった。

「あれは……『ハルフォークの青銀』!?」

ベールが外れてミュリエルの髪が露わになった時、近くの建物の窓から偶然目撃した人物《だ》がいた。

国王との謁見《えっけん》をすませた外国の使者が、たまたま窓の外を見た時にそれは起こった。遠目でもはっきり見えた、鮮やかな銀と青の至宝。彼の国にとって、その色は特別なものだった。

「なんと、すぐにも皇王陛下と皇太子殿下にお知らせせねば……!」

＊＊＊

一か月後。ミュリエルの父、グレーフェン国王は執務室の大きな机に置かれた一通の書状を前に、深いため息をついていた。

「とうとう恐れていた事態になったようだな」

「……まぁ、ここまで隠し通せたのが幸運だったんですよ、きっと」

王太子アリストが慰めるような口調で呟く。

国王の執務室には、王太子アリストの他に書状を見て慌てて報告にやってきた外務大臣がいた。彼は流れ落ちる汗を拭きながら困ったように訴える。

「どういたしましょう、陛下。かの国に知られたら他国も黙ってはおりますまい。このままでは先々代の女王陛下の時と同じように大騒動が起こる可能性が」

先々代の女王の時に起こった諍《いさか》いと騒動は、女王が自国の貴族から選んだ者と結婚するまで続いた。いや、公にはなっていないが、結婚後も女王をかどわかさんとする動きもあったほどだった。

「今度はあの時以上の騒動になるかもしれません。何しろミュリエル殿下は、今は無きハルフォーク帝国の王家の再来とも呼べるお姿ですから」

「ハルフォーク帝国か……」

国王は椅子の背もたれに背中を預けながらため息まじりに呟く。

「ハルフォーク帝国が滅びてもう何百年も経つというのに、まだかの国や周辺諸国は帝国の呪縛から抜け出せていないのだな。我々の国ではハルフォーク帝国など遠い過去……いや、すでにおとぎ話とさえ思われているのに。かの国ではそうじゃない」

「皮肉なのは、ハルフォーク帝国にこだわっている国には『ハルフォークの青銀』は現れず、帝国時代は辺境に過ぎなかった我が国に現れることですね」

アリストが感慨深げに言うと、国王は思い切り顔を顰めた。

「そのせいで、ミュリエルには生まれてこの方ずっと不自由を強いている……」

「仕方ありません。それがこの国とあの子を争いから遠ざける唯一の方法だったんですから。……でも、もうそれも終わりです。ミュリエルはあの国の関心を引いてしまった」

「うむ。だが幸いにも我々にはまだ打つ手がある」

国王はそう言うと、椅子から立ち上がって張りのある声で命じた。

「アリスト、エルヴィーネとレイヴィン・ブラーシュ侯爵を呼んでくれ。今こそあの提案を受け入れる時だ。外務大臣はかの国へ使者を送る準備をせよ」

「はい。承知いたしました」

アリストと外務大臣は頷くと、慌ただしく執務室を出て行った。

＊＊＊

模擬試合の日から二か月が経ったある日。ミュリエルは父王に呼ばれてモナとともに執務室へ向かっていた。

「お父様が私を呼ぶなんて、何が起こったのかしらね、モナ」

「もしかして、姫様のお披露目の日程が決まったのかもしれませんよ」

「お披露目……」

大人として認められるのは嬉しいが、社交界デビューをしたいわけではない。

――だって、お披露目になれば、この髪と目を大勢の人の前に晒さなくちゃいけなくなる。

今までずっと隠れるように生きてきたミュリエルが、家族とはまったく異なる姿を公にするのは勇気がいることだった。

――もし、気持ちが悪いと思われたら……？　お父様やお母様の子どもではないと囁《ささや》かれたら？

そんなことを想像してしまい、ミュリエルはすっかり怯えていた。

知らず知らずのうちに足が重くなる。勘のいいモナはミュリエルがなぜ浮かない顔になったのか、すぐに悟ったようだった。

「姫様、悪い方には考えないでください。もしかしたら別のことかもしれないのですから。とにかく、陛下の呼び出しに遅れるわけにはいきませんわ。急ぎましょう」

「……ええ、そうよね。別の話かもしれないものね」

頭を振って気持ちを切り替えると、ミュリエルは歩みを速めた。

「お父様、ミュリエルです。遅くなりました」

父王の執務室に入ると、驚くことに、そこには母親である王妃、兄である王太子アリスト、姉のエルヴィーネ。それになぜかレイヴィンまでもが揃っていた。
政治の話ならばミュリエルが呼ばれるわけがないし、家族の話ならばレイヴィンがいるのは変だ。

――これは一体……？

「急に呼び出してすまないな、ミュリエル。おお、そのドレスは先日儂《わし》が贈ったものだな。さっそく着てくれたのだね」

ミュリエルに甘い父王が彼女を見て相好《そうごう》を崩す。そのとおりなので、ミュリエルも微笑みながら頷くと、父王によく見えるようにスカートを摘まんで、くるりと一回転してみせた。

「はい、お父様。お父様が贈ってくださったドレスです。とても素敵なドレスをありがとうございます」

「よく似合っておるぞ。やはり儂の見立てに間違いはなかったな」

悦《えっ》に入《い》ったように父王は笑った。

レースとフリルをふんだんに使った淡い水色のドレスは、実際ミュリエルによく似合っていた。年齢的に可愛らしすぎるデザインなのだが、ミュリエルの顔だちが幼いので、違和感なく着こなせる。惜しむらくは相乗効果でより幼く見えてしまうところだろうか。

「よし、今度はそのドレスに合う髪飾りを作らせ――」

「父上。今はそんな話をしている場合ではないでしょう」

アリストにたしなめられ、国王は我に返った。

「おお、そうだったな。それはまた後でだ。今は重要なことを告げねばならん。実はな、エルヴィーネの結婚相手が決まったのだよ」

「……え……？」

ミュリエルはハッとなり、この場にレイヴィンがいる意味を悟る。エルヴィーネの結婚相手はレイヴィンに違いない。

胸がぎゅっと押しつぶされそうに軋《きし》んだ。

──ああ、とうとうこの時が来てしまったのね。

しかし最初から分かっていたことだ。ミュリエルは胸を痛めながらも覚悟を決めた。

ところが、父王の口から出たのは予想もしない名前だった。

「相手はデュランドル皇国の皇太子、ボルシュ殿だ。今年二十五歳になる。エルヴィーネにぴったりだろう」

「……え……？　デュランドル皇国？　ボルシュ？」

──レイヴィンではないの？

ミュリエルは困惑して父王を見返す。だが、父王が冗談を言っているようには見えなかった。

──お姉様が結婚する相手は、デュランドル皇国のボルシュ様……。デュランドル皇国ってこの近くの国ではないわよね？

混乱したまま、ミュリエルはデュランドル皇国について必死に記憶を探った。近隣の国ではないが、その国名は確かに覚えがあった。

「あ、デュランドル皇国って、もしかして、旧ハルフォーク帝国の……？」

「そうだ。ハルフォーク帝国の末裔《まつえい》だ」

ハルフォーク帝国は、かつてこの大陸すべてを支配していた強大な国の名前だ。神の子と言われる王族、そしてその王族を守る騎士たちを中心に繁栄した国だった。

王族が持つ絶対的な権力と神から授かった不思議な力を背景に、ハルフォーク帝国は栄華を極め、その栄光は永遠に続くかと思われた。ところが、今から七百年ほど前、王位継承を発端とした内乱が起こり、直系はすべて死に絶え、それと同時に長く続いたハルフォーク帝国は分離独立が相次ぎ、やがて崩壊した。

このグレーフェン国もその時に独立を果たした国の一つだ。

一方、デュランドル皇国は帝国が崩壊してから数百年後、ハルフォーク王族の末裔によって興《おこ》された国だ。建国直後はかつて帝国の王都だった都市を中心にして領土を広げたが、ハルフォーク帝国の規模には遠く及ばず、中規模の領土と経済力しか持てないまま今に至る。

——その国の皇太子にお姉様が嫁ぐの……？

ピンとこなかった。両国は距離が離れているため、それほど密な国交はないと記憶している。ミュリエルの姉のうち、第一王女と第二王女は諸外国の王族にそれぞれ嫁いでいるが、相手国は親密な関係の国ばかりだ。

「あちらからの申し出があってな。エルヴィーネもいいと言っていることだし、受けることにした」

「お姉様が？」

王妃の隣でいつものように微笑を浮かべて立っている姉を、ミュリエルは驚いたように見つめた。

「だって、お姉様は……」

——レイヴィンのことがお好きなのではなかったの？

けれどその問いを口に出すことはできなかった。レイヴィンがいる場で言うべきことではない。それに、エルヴィーネがレイヴィンを好きだという確たる証拠もなかった。エルヴィーネの口からレイヴィンを慕っていると聞いたこともない。ただ漠然と、ミュリエルがそう感じていただけだ。

彼のことを語るエルヴィーネの口調はほんの少し熱を帯びていたように思えたから。

ミュリエルと目が合ったエルヴィーネは微笑んだ。

「わたくしは構わないわ。だからこそお受けしたの。ボルシュ様は容姿も端麗で、頭がよい方だと聞いているし、興味があるわ」

「で、でも、デュランドル皇国は遠いわ」

近隣の王家に嫁いだ姉たちにだって、気軽に会うことはできないのだ。そんなに遠い国に嫁入りしてしまえば、顔を合わせる機会はぐっと減るだろう。

——お姉様が遠くへいってしまう……。

寂しさのあまり胸が塞がれる思いがした。けれど、その一方で、ミュリエルは心のどこかで安堵していた。エルヴィーネの相手がレイヴィンではなかったことに。そしてそのことを喜んでいる自分に罪悪感を覚えた。

——私はなんて醜いの。お姉様は政略とはいえ、遠く離れた国の知らない相手と結婚しなければならないのに。

複雑な心境が表情にも表れていたのだろう。それを、自分が遠い国に行くので寂しがっているのだと勘違いしたエルヴィーネは、ミュリエルに優しく語りかけた。

「確かにデュランドル皇国はこの国からは遠く離れているわ。でも一生会えないわけではないのだし、遠い国だからこそ、両国の新しいかけ橋になれることがわたくしは嬉しいの。心配しないで大丈夫よ、ミュリエル。それに、準備に時間がかかるし、婚姻を結ぶ前に色々話し合わなければならないからすぐに嫁入りするわけじゃないわ。そうね、早くても一年以上……数年かかることだってありえるわ」

「そ、そうよね、今すぐお姉様がいなくなってしまうわけじゃないのよね」

現金なもので、エルヴィーネの相手がレイヴィンではないと分かって安堵したら、今度は大好きなエルヴィーネと別れなければならないことが寂しくなってしまったのだ。

レイヴィンのことがあるものの、ミュリエルはこの美しくて優しい姉が大好きだった。

──まだまだ先の話だもの。その間にうんとお姉様に甘えられる……。

そう思った時に、ふとあることに気づいた。

──待って。お姉様のお相手はデュランドル皇国のボルシュ様よね。だったら、どうしてレイヴィンはこの場に呼ばれているのかしら？

エルヴィーネとの結婚の話でなければレイヴィンがここにいる理由がよく分からなかった。

「それで、実はな、ミュリエル。話はエルヴィーネの結婚だけではないのだよ」

父王がコホンと咳《せき》をして、どこか言いづらそうに口を開いた。

「お姉様の結婚の話だけじゃない？」

ミュリエルは不思議そうに首を傾げる。そのしぐさが非常に愛らしかったため、父王は突然ぐぐぐと拳を握り、辛そうに喚き始めた。

「ああ、ミュリエル！　父様だって好きで決めたわけじゃないんだよ。お前はずっと手元に置いておくつもりだったんだ！　だが、だがなぁ、断腸《だんちょう》の思いで決断したんだ。だが、父様は、父様は──！」

その時、アリストがにっこりと笑いながら父王に話しかけた。

「ち・ち・う・え？　今はそんな話をしている場合ですかね？」

表情は笑ってはいるが、その笑顔といい、声といい、妙な迫力と圧力があった。とたんに父王は「うっ」と口ごもる。やがて諦めたようにため息をつくと、今度はいつもの口調に戻って告げた。

「つまりだな。エルヴィーネの婚約を機に、お前の結婚相手も決めたのだよ」

ミュリエルの小さな口がポカンと開いた。

――私の、結婚相手……？

「相手はここにいるレイヴィン・ブラーシュ侯爵だ。王女が降嫁する相手としては妥当だろうと満場一致で決定した」

「……は、い……？」

自分の結婚相手が決まったということも驚いたが、さらに相手がレイヴィンその人であることに、とうとうミュリエルの頭の中は真っ白になって何も考えられなくなった。

「確かにお前は十六歳になったばかりだ。だが、このタイミングを逃すと色々と問題があってな。それで今定めることにした。それと言うのも、お前が結婚しないうちは伴侶を選ばないなどと言っているバカ息子のせいだ。父様はもっと後にしたかったのだが……」

「まぁまぁ、陛下」

おっとりした口調で王妃が口を挟んだ。

子どもを六人産んだとは思えないほど若々しく美しい王妃は、呆然としている末娘を見て青い目を細めて笑った。

「ミュリエルはびっくりしすぎてほとんど聞いておりませんよ。ものごとには順序があるのです。……ミュリエル」

そっと王妃が呼びかけると、ミュリエルはたった今目が覚めたような顔で、母親に視線を向けた。

「あなたが驚くのも無理はありません。突然のことですものね。最初から説明しましょう。そもそもの始まりは、あなたがお嫁にいくまでは結婚しないと公言しているアリストなの。冗談かと思っていたら、本気でいつまで経ってもお嫁さんを貰おうとしないんですもの。でも私と陛下の間の男子はアリストだけ。ここまで言えば、陛下や私や臣下たちが焦るのも分かるでしょう？」

「は、はい」

かろうじて思考力が戻りかけていたミュリエルはこくんと頷く。

王妃が産んだ子どもは末子のミュリエルを入れて六人。けれどそのうちの五人は王女で、王子はアリストだけだ。アリストが結婚して男児をもうけなければ、王位継承の問題が出てくる。ところが、アリストは日ごろからミュリエルが結婚するまで自分は結婚しないと公言していた。

ミュリエルはずっと冗談だと思っていたが、両親の表情から察するに、どうやらアリストは本気だったようだ。

「ひどいですね。僕だけのせいにしないでください。確かにミュリエルの幸せを見届けるまでは結婚しないと言ってますが、気に入る相手がいないというのも大きな理由ですからね」

アリストが苦笑いを浮かべながら訴えると、王妃は息子ににっこりと笑顔を向けた。

「そうね。確かにあなただけのせいではないわ。でも大きな要因であることは否定できないでしょうね。恨むのならミュリエルをダシにして結婚を避けていた自分を恨みなさいな。ねぇ、ミュリエル。あなたには伝えていなかったけれど、十六歳になると同時にあなたにも結婚話がいくつか出ていたのよ」

「わ、私に、ですか？」

まさか自分のような「みそっかす」を嫁に欲しいと言って来る者がいるとは思わなかったのでミュリエルは面食らう。だがよく考えれば、ミュリエルは第五王女だし、家族に溺愛されている。それを利用したいと思う人間が出てきてもおかしくないのだ。

「ええ、そうよ。でも陛下は、エルヴィーネの方が先だと理由をつけてすべて握りつぶしていたの。ところがエルヴィーネの結婚が決まったとなると、その言い訳もきかなくなる。だから、縁談が殺到する前にエルヴィーネの婚約発表と同時にあなたの相手も発表することになったわけ。それで選ばれたのがレイヴィン・ブラーシュ侯爵よ。彼もあなたを娶ることを承諾してくれたわ」

――レイヴィンが？　私との結婚を承諾した？

ここでようやくミュリエルはレイヴィンを見る。結婚相手が彼だと聞かされてから、どうしても視線を向けることができなかった。レイヴィンがどういう目で自分を見ているか知りたくなかった。

——もし、国王からの申し出に逆らうことができずに、嫌々承諾したのだったら？

そう考えると怖かった。けれど、恐る恐る振り向いた先にいるレイヴィンは、いつもと少しも変わらない彼だった。ミュリエルを優しい目で見守っている。無理に承諾したようには見えなかった。

「レ、レイヴィン。本当に私なんかで……いいの？　あなたはいいの？」

——だって、あなたはお姉様の結婚相手になるはずだったのではないの？

震える声で尋ねると、レイヴィンはミュリエルに近づき、彼女の手を取った。

「もちろんです、殿下。夫として殿下を生涯かけてお守りいたします」

屈みこみ、ミュリエルの手の甲にキスを落とすレイヴィンの頭をミュリエルは呆然と見下ろす。

——これは夢かしら？　レイヴィンがこんなことを言うなんて……。だって、レイヴィンは……。

ミュリエルは顔を上げて、のろのろとエルヴィーネを振り返った。

——いいの？　私がこの手を取ってしまって構わないの？

問いかけるような、縋《すが》るような視線をエルヴィーネに向けると、彼女もやはりいつもと変わらなかった。微笑を浮かべてミュリエルたちを見守っている。恐れていたような嫉妬《しっと》も怒りも悲しみも見当たらなかった。

——お姉様が構わないのであれば、私は……。

エルヴィーネの微笑に背中を押されるように、ミュリエルはレイヴィンに視線を戻すと口を開いた。

「……レイヴィンがいいなら、私、あなたのもとへ嫁ぎます」

ミュリエルの結婚式は三か月後に行われることになった。

順番から言えばエルヴィーネが先に結婚してからミュリエルの番になるはずだが、王族同士の結婚は準備に時間がかかり、何年後になるか分からない。それならばということで、先にミュリエルがお披露目を兼ねた結婚式をあげることになったのだ。

短期間で準備をしなければならないため、これからかなり忙しくなる。

——こんなに性急にだなんて……。

なぜなのだろうという疑問が浮かぶ。急な結婚式をあげる理由も、そもそもミュリエルがレイヴィンと結婚することになった理由も、父王たちはもっともらしいことを言っていたが、どこか違和感を覚えていた。

けれど、ミュリエルはその疑惑から目を背けた。あえて考えないようにした。

——レイヴィンと結婚できる。

大事なのはそのことだけ。よけいなことは何も知る必要はない。そう言い聞かせて、すべての疑問に蓋《ふた》をした。

# 第三章　初夜

三か月後、ミュリエルは結婚式の日を迎えていた。

「とても綺麗です、殿下」

控え室にやってきたレイヴィンがミュリエルの手を取りながら微笑む。

ミュリエルは真っ白なドレスと床まで届くベールを纏っていた。シンプルながら豪華な布で織られた光沢のあるドレスで、若々しい肢体を強調するようなデザインだった。

ベールの下で頬を染め、ミュリエルははにかむ。

「レイヴィンも……すごく素敵よ」

今日のレイヴィンは騎士団の服ではなく、貴族の盛装姿だった。黒地に金糸の縁取りがしてある豪奢な礼服で、いつもは無造作に下ろしている前髪もきちんと整えられ、後ろに撫でつけられていた。

公式の場に出たことがないミュリエルは、騎士団の制服以外を纏ったレイヴィンを今まで見たことがなかったので、いつもとイメージの違う彼に胸がドキドキしていた。

――ベールがあってよかった。でなければ、私は惚けた姿をレイヴィンの目に晒すところだったもの。

ミュリエルの言葉にレイヴィンはにっこりと笑った。

「ありがとうございます、殿下。何事もなくこの日を迎えられてホッとしております」

「この三か月、とても忙しかったものね」

ミュリエルも忙しかったが、それ以上に大変だったのはレイヴィンだ。結婚式のための準備はもとより、騎士団の副総長として式場の警備や要人の警護などの手配も彼はこなさなくてはならなかったのだ。

「ミュリエル様も大変でしたね」

「私は……ほとんどお母様が手伝ってくださったから」

結婚式のことなどよく分からないミュリエルの代わりに支度の陣頭指揮をとったのは王妃と女官長だ。ドレスや小物の手配、侯爵家に持っていく調度品の選定まで、すべて王妃たちが整えたものだった。ミュリエルはただ言われるがまま動いていたに過ぎない。

――でもそのおかげでよけいなことを考えずにすんだわ。

エルヴィーネの婚約や自分の結婚について陰で色々と言われているのは肌で感じていたが、分刻みの予定であっちこっち引っ張り回されて、くよくよ考える暇はなかった。

「式が終わればゆっくりできますとも。ただ、残念なことに私はしばらく休暇は取れませんが……」

「仕方ないわ。諸外国の王族方や要人が城に滞在されるのですもの。副総長のレイヴィンが休むわけにはいかないものね」

「申し訳ありません。一段落したら、必ず休暇を取ります」

「無理しないでね」

そんな会話を交わしていると、控え室に次から次へとミュリエルの家族が挨拶に訪れる。

先陣を切ったのは国王夫妻だ。

「おお、綺麗だぞ、ミュリエル。いいか、もしレイヴィンが嫌になったら、いつでも戻ってきていいんだぞ」

目に涙を浮かべて父王が言うと、王妃が顔を顰めてたしなめる。

「陛下。これから式だというのに不吉なことを言わないでくださいませ。ミュリエル、お父様の言うことは気にしなくていいですからね。レイヴィンなら命に代えてもあなたを守り、慈しんでくれるでしょう。幸せになりなさい、私の可愛いミュリエル」

「ありがとう、お父様、お母様」

次に顔を見せたのは他国に嫁いで久しい第一王女と第二王女だ。

「おめでとう、ミュリエル。ついこの間まで赤ん坊だったあなたが結婚だなんて」

「私たちも年を取るはずね、ヴィアンカ」

双子でそっくりだった姉たちだが、生活している環境が違うせいか、今では見分けがつかないほどではなくなっている。けれど、相変わらず美しくて陽気な姉たちだった。

「ありがとう、ヴィクトリアお姉様、ヴィアンカお姉様」

双子の姉たちと入れ替わるように現れたのが、公爵家に嫁いだ第三王女アンネリースだ。

「おめでとう、ミュリエル。今日から侯爵夫人ね。落ち着いたら少人数のお茶会に招待するから、少しずつ社交に慣れていきましょうね」

「はい。アンネリースお姉様。よろしくお願いします」

先に降嫁したアンネリースは、ミュリエルにとっては頼りになる先輩だ。社交界デビューすらしていないミュリエルのために貴族夫人の社交術を教えてもらうことになっている。

「夫と一緒に礼拝堂にいっているわね。またあとで」

「ええ、お姉様」

アンネリースが出て行った後、ミュリエルは控え室の扉に何度も視線を向けた。ミュリエルが会いたくて、けれど、顔を合わせるのを一番恐れている人が姿を見せないからだ。

――エルヴィーネお姉様……。

この三か月、互いに忙しくて、ほとんど顔を合わせることはなかった。父王の執務室ではミュリエルの結婚を祝福してくれたように思えたのに、会えなかったせいでその確信も揺らいできている。だからこそ、姉の顔を見て今どう思っているのか確認したかったのだ。

「そろそろ式の時間だよ、二人とも」

ノックの音とともに現れたのは、アリストだった。ミュリエルは思わずアリストに尋ねる。

「お兄様、エルヴィーネお姉様は？」

「ああ、エルヴィーネならつい先刻到着したデュランドル皇国のボルシュ殿のお相手をしているよ」

「え？　ボルシュ殿下が？」

思いもよらない名前を聞いてミュリエルは目を見張る。

「ボルシュ殿下は式には間に合わないという話でしたが……」

エルヴィーネを通じて姻戚関係になることが内定しているため、ミュリエルの結婚式にはデュランドル皇国も招待されている。デュランドル皇国からは婚約者との親交をかねて皇太子のボルシュが来ると返答があったが、ここへは雪解けの遅れている山脈を越えなければならないため、今日の到着には間に合わないとの連絡が入っていたのだ。

「どうやらギリギリで間に合ったようだ。いやはや、よほど強運の持ち主と見える」

カラカラと笑うアリストにレイヴィンはムスッと口を引き結んだ。

「笑いごとではありませんよ、アリスト。警備の配置換えを——」

「そのあたりは僕に任せたまえ、レイヴィン。君は式に集中するんだ」

「……分かりました」

渋々といった様子でレイヴィンは引き下がる。けれどその顔はずっと顰められたままだった。

ボルシュの名前が出たとたん、レイヴィンの様子が変わった。

──それはやっぱり彼がお姉様の婚約者だから？

ミュリエルは胸が締めつけられるような苦しさを覚えた。だが、式の始まりを告げられると、頭を振って気持ちを切り替える。

──今はただ式のことだけ考えるのよ、ミュリエル。これが、大勢の前に出る最初で最後の機会なのだから。

「殿下、行きましょう。我々の結婚式へ」

「はい」

差し出された手に、ミュリエルはそっと自分の手を重ねた。


今まで式典に出たことがないミュリエルにとって、これほど大勢の人が集まるところへ出て行くのは初めての経験だった。

だが自分でも意外なほど、人前が恐ろしいとは感じなかった。それはきっと、自分を守るように導くレイヴィンの存在と、顔と頭を隠してくれるベールの存在が大きいだろう。

誓いの詞《ことば》もつっかえずに言えたし、結婚宣誓書に署名をする時も手を震わせることなく書き切ることができた。

「ここに二人の婚姻がなされたことを宣誓します」

式を執り行う司祭が二人の署名が入った宣誓書を掲げ、朗々《ろうろう》とした声で宣言する。

——これで私はレイヴィンの……。

沸き起こる拍手の中、ミュリエルはホッと息をついていた。

「殿下」

レイヴィンがミュリエルの手を取って、口元へ運ぶ。手の甲に唇で触れながら、彼は囁いた。

「これであなたは私の妻です」

「……はい」

頬を染めながらミュリエルは頷く。宣誓書に署名をした時点でミュリエルは王籍から抜かれ、レイヴィンの妻となった。

——私がレイヴィンのお嫁さんになっただなんて、こうして式を挙げた今も信じられないわ……。

「一生をかけて、命をかけて、あなたをお守りすると誓います」

「レイヴィン……」

青い目が熱っぽい光を帯びてミュリエルを見下ろしていた。

礼拝堂に集まる人たちの存在をすっかり忘れて二人は見つめ合う。そこへ、アリストの笑いを含んだ声がかかった。

「二人の世界を作っているところ悪いけど。君たちが退出しないと、誰も広間へ移動できないよ？」

その言葉にミュリエルとレイヴィンはハッとした。

「ごめんなさい。広間で皆さんがお待ちですよね」

「殿下。参りましょう」

レイヴィンにエスコートされて、ミュリエルは礼拝堂の入り口へ向かった。これから広間に移動してお披露目がされる予定だ。

広間では国外の招待客や国内の主要な貴族たちが待っている。結婚が成立したことを報告し、祝いの言葉を受けることになっていた。王女として最初で最後の謁見だ。

決まりきったお礼の言葉を述べるだけなのだが、大勢の貴族や他国の王族、それに外交官たちと言葉を交わさなければならないため、ミュリエルは始まるまでとても憂鬱《ゆううつ》だった。

ところが実際、始まってみると、結婚式の時と同じく、意外なほど落ち着いて応対できた。玉座にいる父王や王妃、それに近くにいるアリストがフォローしてくれたからだ。それに隣に立つレイヴィンがずっと手を握ってくれていたことも大きい。

――これなら大丈夫。きちんと最後まで務めることができる。

ミュリエルが自信を持ち始めた時だった。挨拶をするために玉座の前に出た一組の男女の姿に、ミュリエルは息を呑む。

「まぁ、なんとお似合いな……」

「もしや、あれが、エルヴィーネ様の……」

広間に感嘆の声がさざ波のように広がっていく。隣に立つレイヴィンが一瞬だけ身体を

硬くしたのがミュリエルには分かった。

美しい薄紫色のドレスを身に纏った第四王女エルヴィーネは、優雅に膝を折り、淑女の礼をすると、輝くような笑顔で言った。

「ミュリエル、そして皆様にもご紹介します。わたくしの婚約者、デュランドル皇国の皇太子ボルシュ様です」

「お初にお目にかかります、デュランドル皇国のボルシュと申します」

煌びやかな白い礼服を身に纏った黒髪の男性が前に進み出て頭を下げた。

——この方がお姉様の……。

艶やかな黒髪に黒曜石のような瞳。デュランドル皇国のボルシュ皇太子は、エルヴィーネと並んでも遜色ない端正な顔だちの男性だった。怜悧《れいり》な美貌と落ち着いたたたずまいは、アリストの「王子様然」とした甘い顔だちとは異なるタイプの美丈夫《びじょうふ》だ。

ボルシュは顔を上げて、切れ長の目でミュリエルを見つめる。ベール越しとはいえ、表情の読めない黒い瞳に探るようにじっと見つめられ、ミュリエルは少しだけ居心地が悪くなった。

「ミュリエル殿下。このたびのご結婚、おめでとうございます。また到着が遅くなりましたことを深くお詫び申し上げます」

今までのようにお礼を一言告げるだけでは足りない雰囲気になり、ミュリエルは緊張する唇を湿らせて口を開いた。

「と、遠いところをよくいらっしゃいました、ボルシュ様。長旅は、さぞ大変だったでしょうに、式にも出席していただき、ありがとうございます」

ミュリエルの言葉を聞いたボルシュはにっこりと笑う。

「なんの。エルヴィーネ姫の婚約者である私にとって、殿下は妹同然です。結婚式に駆けつけるのは当然のこと。到着が遅れてしまい、本日、ミュリエル殿下とゆっくり話ができないのは残念ですが、私はしばらくこちらに滞在させていただく予定です。殿下とは、また顔を合わせる機会もあるかと存じます」

その時、ミュリエルの手を握るレイヴィンの手にぎゅっと力が入った。

――レイヴィン……？

いつもとは異なるレイヴィンの様子を怪訝に思いながらも、ミュリエルはボルシュに答えた。

「そ、そうですか。その時を楽しみにしております、ボルシュ様」

「はい。私もまたお会いできる日を楽しみにしております」

「ミュリエル」

すっとエルヴィーネが前に出て、温かな瞳でミュリエルを見つめる。ミュリエルの意識はボルシュからたちまちエルヴィーネへと移った。

「エルヴィーネお姉様……」

「おめでとう、ミュリエル。わたくしの可愛い妹。ブラーシュ侯爵と幸せになるのですよ」

「お姉様……！」

じわりと目に涙が浮かぶ。比べられて辛かった時もあるけれど、それでもミュリエルにとっては大切な姉だ。

――大好きなお姉様。

すぐに王城にいける距離に嫁ぐミュリエルと違って、エルヴィーネが嫁ぐデュランドル皇国は遠い。不安でたまらないだろうに、そんな様子は少しも見せずに、ミュリエルの幸せを祈ってくれるエルヴィーネ。

「はい。エルヴィーネお姉様。レイヴィンと幸せになります」

レイヴィンの手をぎゅっと握りながら、ミュリエルはしっかりと頷いた。

＊＊＊

謁見が終わったのち、ミュリエルとレイヴィンはひっそりと退席した。まだ日が高いうちに、王都内にあるブラーシュ家の屋敷に移動するためだ。

宴はまだ続いているが、主役がいなくとも問題はなかった。酒と料理が振る舞われ、陽気な音楽が広い会場に響いている。

広間の中央では、美しいエルヴィーネ王女が婚約者とダンスを披露している。人々は二人の巧みな踊りに酔いしれ、つられるように我も我もと踊り始めた。

酒の入った貴族たちは親しい友人たちと噂話を楽しんでいる。エルヴィーネ王女の急な婚約発表と第五王女の結婚についての憶測は、彼らにとって格好の酒の肴《さかな》だった。

「しかし、ミュリエル殿下は結局一度もベールを外さないんだな。やはり、あのベールの下は噂どおり『ハルフォークの青銀』なのだろう」

広間の一角で、高位の貴族と思われる年配の男性が、同じ年代の友人に話しかけていた。友人はしたり顔で頷く。

「うむ。エルヴィーネ殿下は幼少の頃から公の場に出ていたというのに、ミュリエル殿下が十六歳になってもいっこうに表に出てこなかったのも、それなら頷ける。八十年前に起きた先々代の女王陛下を巡る騒動のことがあるから、隠されていたのだろう。そしてこのたびの急な結婚も、デュランドル皇国が出てきて、『ハルフォークの青銀』を隠しきれないとご判断されてのことに違いない」

「ああ。八十年前、青銀の髪を持っていた先々代の女王を得るために躍起《やっき》になっていた国の一つがデュランドル皇国だからな。それまでこの国には何の興味も示さなかった国の連中がこぞって求婚してきた。武力で脅そうとした国もある。当時、高官を務めていた私の父は、彼らのことを狂信者だと言っていたよ。連中は本気で『ハルフォークの青銀』について の言い伝えを信じていたそうだ」

「言い伝え……ああ、あれか。ハルフォーク帝国の王族の色である『ハルフォークの青銀』を持つ者は神の子である証。愛すれば繁栄が約束され、害すれば破滅が待っている――というやつだな」

「そうだ。本気で信じていたらしい。我が国にとっては迷惑な話だ。言い伝えなど信じていなくとも、八十年前には実際騒動が起こったわけだからな。陛下はミュリエル殿下のことが広まる前に先手を打って殿下をブラーシュ侯爵に降嫁させたのだろう」

「ブラーシュ侯爵はとんだ厄災を抱えることになったわけだな。忠義とはいえ、気の毒に」

年配の貴族は声を潜めて友人に囁いた。

「知っているか？　去年まで城に勤めていた孫が言っていたが、ブラーシュ侯爵はミュリエル殿下ではなくエルヴィーネ殿下を自分のところへ降嫁させてほしいと、再三陛下に願い出ていたそうだ。それが、蓋を開けてみれば――」

「恋い焦がれたエルヴィーネ殿下はデュランドル皇国の皇太子に取られ、代わりにミュリエル殿下を押しつけられたというわけだな。それは確かに気の毒だ」

貴族たちは声を潜めて話をしているつもりだったが、酒が入っているせいか、自分たちが考えている以上に声が出ていたことに気づかなかった。二人の後ろで何気なく会話を聞いていた若い男がいたことも。

男は貴族たちの話題が別のことに変わると、二人からすっと音もなく離れた。次に男が向かったのは、踊り終えてダンスの輪から離れたボルシュのところだった。

「殿下」

「何か面白いことでも見つかったか」

「はい。興味深い話が聞けました」

広間のあちこちで貴族たちの噂話に耳を傾けていた若い男は、ボルシュの従者だった。従者は周囲に聞こえないように、聞いてきた話をボルシュに報告する。

「なるほど――」

ボルシュの薄い口元に嫣然《えんぜん》とした笑みが浮かんだ。

「付け入る隙は十分にありそうだな。わざわざこんな遠い国まで足を運んだ甲斐があったというものだ」

「どういたしますか、殿下？」

「ブラーシュ侯爵の周辺や屋敷を探れ。いざとなれば強硬手段も辞さない。必ずや『ハルフォークの青銀』を持つミュリエル王女を我がデュランドル皇国へ連れ帰るぞ」

「はい、我が君。仰せのままに」

従者が頭を下げ、スッと離れていく。ボルシュは視線を巡らせ、広間のある一角を見つめた。今は誰もいないそこは、ミュリエルがレイヴィンとともに並んで立っていた場所だった。

＊＊＊

「長い一日でございましたね」

モナはミュリエルの髪を整えながらしみじみと呟いた。

「そうね。今日は……本当に長い一日だったわね」

ミュリエルも鏡に映る自分を見つめながら頷く。

二人がいるのは城ではなく、王都にあるブラーシュ侯爵邸にあるミュリエルの私室だ。謁見が終わった後、城を出て馬車でブラーシュ侯爵家の屋敷に移動したのだ。

今日からミュリエルはここに住む。

「モナも朝から忙しく働いて疲れたでしょう。これが終わったらゆっくり休んでね」

せっせとミュリエルの髪を梳かすモナに、ミュリエルは鏡越しに微笑む。

降嫁するにあたって連れてきた侍女はモナ一人だけだ。父王もレイヴィンも好きなだけ連れてきていいと言ってくれたが、ミュリエルは断った。

ブラーシュ侯爵家にも古くから仕える使用人たちがいる。そこへ大勢の侍女たちを連れてきて自分の周りを固めたら、彼らとなじむことはできないだろう。それに、城に仕える者は貴族出身で気位も高い。平民の使用人が多い貴族の屋敷ではしばしばトラブルになるのだと公爵家に嫁いだ姉のアンネリースが言っていた。

その点、モナなら誰とでも仲良くできるから問題ないだろう。

「ありがとうございます。でもここの皆さん、良い方たちばかりなので安心しました。それに、見知った騎士の方々もいますし、とても心強いです」

「そうね、まさか皆がいるとは思わなかったわ」

屋敷に到着して馬車から降りたミュリエルはびっくりしたものだ。門や玄関、それに建物の中に、よく知る騎士たちがいたからだ。

聞けば、昼間、城に出勤するレイヴィンがいない間、ミュリエルを守るため、父王の命で騎士たちがしばらくブラーシュ侯爵家の屋敷を警備することになったという。そのメンバーがミュリエルの知る騎士たちばかりなのは、レイヴィンの配慮によるものだ。

「少し寂しく思っていたから、とても嬉しいわ。それに、ここの使用人たちもみんな私を歓迎してくれて……」

最初、ミュリエルはベールを外して馬車から出るのが怖かった。主居館以外では当たり前にベールで顔と髪を隠していたからだ。けれど、不安げに眉を寄せるミュリエルにレイヴィンは言った。

『大丈夫です。うちの屋敷にはミュリエル殿下を貶《おとし》める者はおりません。もうそのベールで髪と顔を隠す必要はないのですよ』

その言葉どおり、ミュリエルを総出で出迎えたブラーシュ侯爵家の使用人たちは、彼女の髪と目の色を見ても、驚いたり奇異の目で見たりはしなかった。

『何かあれば私か、私がいなければ執事長か家政婦長に相談してください。彼らに任せておけば、この屋敷内のことは何も問題ありませんから』

紹介された執事長と家政婦長はとても優しい目をした人たちだった。新しくミュリエルにつけられた侍女たちも、モナと仲良くなれそうな気立てのよい女性たちばかりだ。

——大丈夫。私、ここでならうまくやっていけそう。

もちろん、そうなるように心を砕いたのはレイヴィンだろう。

そのレイヴィンは、ミュリエルと夕食を取ったのち、騎士たちと警備の相談をするために席を外していた。ミュリエルはその間に湯あみをすませ、夜着に身を包み寝支度をしている。

寝室の真ん中に鎮座する大きなベッドが鏡越しに目に入り、ミュリエルは頬を染めた。

ミュリエルが城で使っていたベッドよりさらに大きな天蓋付きのベッドだ。ゆうに二人……いや、三人は寝ることができるだろう。

ここがこれから先のミュリエルの寝室になり、レイヴィンも一緒に休む場所になるのだ。

——胸がドキドキして破裂しそう。

これから何が起こるのか、いくらミュリエルが世間知らずでも分かっている。床入《とこい》りだ。

ミュリエルは授業で習ったことを反芻《はんすう》する。

——ええっと、女性器に、男性器を入れる……んだったわよね？

しかしそのやり方はよく分からない。家庭教師には「夫となる方にすべてお任せすれば大丈夫です」と言われただけだ。

「ね、ねぇ、モナ」

圧倒的な知識の欠如に気づかないまま、ミュリエルは鏡越しにもじもじとモナに尋ねた。

「あなたは具体的に知っている？　その……床入りについて」

「私は残念ながら未婚ですから……でも、侍女たちの間で何度かそんな話が持ち上がったことがあります。その……適齢期ですし、皆興味がありますからね」

もちろん、ミュリエルの前でそんな話はしないが、侍女の中には既婚者もいたので、かなり生々しい話になったらしい。おかげでモナはすっかり耳年増だと言う。

「女性器に男性器を入れるそうだけど、そもそも男性器というのはどういうものなのかしら？　どうやって入れるのかしら？　男性の身体を見たことがなくて分からないから想像つかないの」

「え、姫様、それって……」

モナはミュリエルに必要な知識が不足していることに、ここで初めて気づいたのだった。

「ひ、姫様？　姫様は結婚前に閨《ねや》の授業をしたのですよね？　既婚の女性が床入りで何があるか説明を受けたのですよね？」

「閨の授業？　いいえ？　家庭教師の方に男女の性の違いがどういうものか教わっただけよ？」

「なんてことでしょう……！」

「モナ？」

髪を梳く手を止めていきなり頭を抱え始めたモナを、ミュリエルは不思議そうに見つめる。

——私、何かおかしなことを言ったかしら？

「姫様、これはゆゆしき問題です！　このままだと姫様は初夜の床でとんでもない衝撃を受けることになるでしょう。床入りは、なんと言うか、単純に挿《い》れるだけの問題ではないのです！」

「単純に挿れるだけの問題ではない？」

「そうです！　最初のうち、女性はひどい苦痛を味わうものだと聞いております」

「苦痛を？」

それはどういうものかと尋ねようとしたその時だ。寝室の扉が開いてシャツとトラウザーズ姿のレイヴィンが現れる。

「殿下、お待たせしました。遅くなって申し訳ありません」

「あわわわ！」

慌てたのはモナだ。まだ説明していないのに、レイヴィンが来てしまったのだ。モナは執事長や家政婦長からレイヴィンが来たら下がるように言われているので、出て行かないわけにはいかない。

鏡台に置いたものを手早く片付けながら、モナは早口で告げる。

「とりあえず姫様、レイヴィン様にお任せして、姫様はとにかく力を抜いて心を安らかに保ってください」

それからモナはレイヴィンに向き直って訴えた。

「姫様は床入りについてほとんどご存じない様子です。その……お手柔らかにお願いいたします！」

「は？」

目を丸くするレイヴィンをよそにモナは深く頭を下げると、慌ただしく寝室から出て行った。

「モナは一体どうしたのかしら……？」

鏡台の前に腰かけたまま、ミュリエルはポカンとしていた。だが、敏《さと》いレイヴィンは、モナの言いたいことが理解できたらしい。

「何となく分かりました。殿下、どうぞこちらへ。そして床入りについて殿下が知っていることを教えていただけますか？」

レイヴィンはミュリエルをベッドの端に座らせながら尋ねる。

同性にも尋ねにくかったことをレイヴィンに告げるのは気が進まなかったが、モナも、そして家庭教師も夫に任せればいいと言ったのだから、ここは素直に教えるべきだろう。

「ええっと、その、そもそも閨の授業というのはなくて……」

教わったことをすべて話すと、レイヴィンは天井を仰いでそっとため息をついた。

「陛下の仕業ですね……まったく、何も教えなければ私が遠慮して手を出さないとでも思ったのでしょうか」

何やらぶつぶつと口の中で呟いているが、ミュリエルにはよく聞こえなかった。

「レイヴィン？」

「何でもありません」

レイヴィンはにっこり笑った。

「殿下は何も知らなくとも問題ありません。全部私がお教えしましょう」

「あ……？」

ふわりと抱きしめられた直後、ミュリエルはベッドに押し倒されていた。

「レイヴィン？」

「無垢なる私の王女。心配はいりません。ゆっくりと、あなたに教えていきましょう」

「レイヴィン……」

ランプの光に照らされて、ミュリエルを見下ろすレイヴィンの青い目の中にオレンジ色の火がちらちらと燃えている。いつもと違う、熱を帯びた眼差しは、別人のようにも見えてミュリエルはほんの少し怖くなる。

しかしここにいるのは間違いなくレイヴィンだ。ミュリエルの初恋の相手で、結ばれるなんて夢にも思わなかった人だ。

ミュリエルは思わず手を伸ばし、レイヴィンの首に腕を巻きつけた。

「教えて、レイヴィン。私をあなたの妻にして？」

「殿下……！」

レイヴィンは何かに堪えるようにぐっと唇を噛みしめると、ミュリエルの夜着に手を伸ばす。ミュリエルは抵抗せずに、その手を受け入れた。

優しく触れながらも、ミュリエルの夜着をはぎ取る手つきには決意が溢れていた。ミュリエルが臆したとしても、レイヴィンはきっと脱がせる手を止めはしないだろう。けれど、ミュリエルは抵抗することなど思いつきもしなかった。

ミュリエルは未知のことに少し怯えていたが、同時に待ち望んでもいたのだ。レイヴィンの妻となるその時を。

――床入りをすませれば、私は名実ともにレイヴィンの妻になれる。

脱がせやすいデザインの夜着はあっという間にミュリエルから引き剝がされた。下に着ていた繊細なレースのシュミーズも、お揃いのドロワーズも続いて脱がされ、床に落とされる。

いつの間にかミュリエルは、一糸纏わぬ姿でレイヴィンの腕の中にいた。

「……綺麗です、殿下」

白くて滑らかな肩の丸みをそっと撫でながらレイヴィンは囁く。その声は微かに掠《かす》れていた。

ミュリエルは頬を染めながら手で胸を覆い隠す。それなりに胸はあると言っても、それはミュリエルの体格からすればの話で、レイヴィンにとっては全然足りないだろう。

――アンネリースお姉様のように、胸が大きくてスタイルもよければ……。

第三王女のアンネリースは、魅力的な身体つきの女性で、微笑一つで百戦錬磨《ひゃくせんれんま》の男性まで虜《とりこ》にしてしまうところがあった。もっとも、本人の貞操観念はしっかりしており、公爵家に嫁ぐまで誰にも肌を見せたことはなかったが。

――お姉様のような身体であれば、きっとレイヴィンも喜んでくれたでしょうに。

男性は大きな胸の女性が好きだと思い込んでいるミュリエルは、自分の身体を恥じていた。

「とても綺麗なのに、隠してはいけませんよ、殿下」

レイヴィンは胸を隠すミュリエルの細い腕を取り、いとも簡単に片手でベッドに縫いつけた。

「だ、だって、男の方は胸が大きい方がいいって……」

「殿下は小さいわけじゃないでしょう。ほら、私の手にぴったりの大きさです」

「あっ……」

片方の胸の膨《ふく》らみをレイヴィンの大きな手のひらがすっぽりと覆う。ぴったりというのはレイヴィンの誇張《こちょう》だろう。大きな彼の手にはどうやったってミュリエルの胸の膨らみは足りていないのだから。

けれど、ミュリエルの身体を見下ろすレイヴィンは、満足そうに微笑む。

「滑らかで、吸いつくようです。殿下の呼吸に合わせてふるふる震えて……とても可愛らしい……」

「あっ、ん……」

胸の膨らみを下から掬《すく》うように揉《も》まれ、捏《こ》ねられ、ミュリエルの口から無意識に声が漏れた。

「ピンクの小さな頂《いただき》も、本当に可愛らしい。ああ、ほら、見てください。少しずつ立ち上がってきましたよ」

自分の胸を見下ろしたミュリエルは、目を見張った。普段は柔らかくつつましやかな胸の頂が、レイヴィンの手によって揉まれた方だけピンと立ち上がって、存在を主張しているのだ。ジンジンと熱を帯びて紅に染まった小さな乳輪の色も、いつもより色が濃く見えた。

「わ、私の身体、おかしくないですか？」

うろたえて尋ねると、レイヴィンはくすっと笑った。

「おかしくありません。女性の身体はこうやって愛撫に反応するものなのです。男性も同じです。欲望が募れば、身体の一部が変化します」

「身体が……変化……」

「そうです。交わることができるように互いに準備するのです。いずれ、それもお教えしますが、今日は殿下に無理をさせたくないので、触れるだけにしましょう。私の手と唇の感覚をどうかその身に刻んでください」

「あっ……！」

レイヴィンが頭を下げてミュリエルの胸の頂を口に含んだ。温かく濡れた感触が、じくじくと疼《うず》く先端を覆う。ぞわりと背筋に何かが駆け上がる。

「あっ、レイヴィン……！」

ビクンと身体を震わせながら声を上げると、胸の先端を口に含んだままレイヴィンが笑う。

「その声、ものすごくそそられます。……あなたにそんな声を上げさせるのを、どれほど望んでいたか」

「やっ、そこでしゃべらないで……！」

彼が言葉を発するたびに、敏感になった頂にその唇と歯が当たる。肌がざわめき、お腹の奥がキュンと疼いた。

「お腹の、奥が、変にっ……」

ジンジンと熱を帯びる頂を吸われて歯で転がされると、どういうわけか、胸ではなくお腹の奥が反応する。下腹部がずくずくと疼き、いてもたってもいられない気分になる。

じわりと何かが滴り落ちるのを感じて、ミュリエルは怯えた。

「あっ、んっ……あ……やっ、変なの、レイヴィン、私、おかしくなっ……」

「それは殿下が気持ちいいと思っているからこその反応です」

「気持ち、いい？　ムズムズするのに？」

「ええ。それも気持ちいいという反応の一種です。殿下は私に触れられて悦んでいるということですよ」

——これが気持ちいいということ？　悦んでいるの？　私の身体が？　くすぐったいような、ぞわぞわするような、落ち着かないようなこの感じが？

「あっ……！」

胸の頂を乳輪ごときつく吸われ、ミュリエルの唇から声が漏れる。

きゅうっとお腹の奥が引き絞られ、そこから甘い衝撃がじわじわと広がっていった。

ビクンと身体を震わせながらミュリエルは理解する。

——ああ、これが、気持ちいいということ、なのね。

「……あ……気持ち、いい……」

吐息とともに言葉が零《こぼ》れ落ちる。

腕を拘束《こうそく》していた手はいつの間にか外されていた。けれど、ミュリエルにはもう自分の身体を隠すほどの心の余裕はなく、無意識のうちにシーツを摑むことしかできなかった。

レイヴィンは自由になった手をミュリエルのもう片方の膨らみに伸ばす。柔らかな胸を捏ねまわし、たちまち硬くなった先端を指で摘まんで転がした。

「やっ！　あっ、ぁあ、んっ」

膣の奥からじわりと何かが染み出していき、脚の付け根を濡らす。お腹の奥がどんどん熱くなっていき、ミュリエルは落ち着かなげに太ももを擦り合わせた。

「私の愛撫に感じてくださっているのですね、殿下」

胸の膨らみから顔を上げて、レイヴィンは嬉しそうに笑う。それを見ているだけで、きゅっと子宮が疼いた。

口に含まれていた胸の先端は唾液でぬらぬらと濡れ、ランプの光に照らされてイヤらしく光っている。

恥ずかしいのに、なぜか目が離せなかった。

「あっ、んぁ！」

レイヴィンが手を伸ばし、濡れた胸の頂をきゅっと捏ねる。

先ほどよりも強い快感が押し寄せ、ミュリエルはビクンと大きく身体を揺らした。

「私の愛撫に感じているあなたは、なんと愛らしいのでしょうか」

レイヴィンは再び頭を下げる。けれど、次に彼の唇が狙ったのは胸ではなく、ミュリエルの薄紅に色づいた小さな唇だった。

「んっ……」

――キス、されてる。

ぼんやりとする頭の中で、ミュリエルは自分がキスされていることを理解すると、嬉しそうに喉を鳴らした。キスは恋人や夫婦の間で交わされる大事なもの。そう聞いている。

閉じていた唇が、彼の肉厚な舌で割られ、優しく開かれる。すかさず潜り込んできたレイヴィンの舌は思わず逃げようとしていたミュリエルの舌に絡みつき、扱《しご》きあげる。

「ふぁ……んっ、んぅ……っ」

唾液が混じりあい、咥内《こうない》を満たす。ミュリエルはそれを躊躇《ためら》いもなく嚥下《えんげ》した。自分のものではない味が口の中に広がる。レイヴィンの味だ。そう考えたとたん、ぞくりと背筋が震えた。

「ん、ふぅ……」

初めて味わう濃厚なキスに、ミュリエルは夢中になった。求められるますべてを差し出して応えていると、次第に何も考えられなくなる。

やがてレイヴィンが顔を上げて、キスを中断した。ミュリエルは彼の濡れた唇を物欲しそうに見つめる。

上気した頬に、トロンとした青銀の瞳、口の端から唾液が零れ落ちた跡を残すミュリエルの顔はぞくっとするほど艶めかしい。レイヴィンはごくりと喉を鳴らした。

「あなたはご自身が今どんな顔をなさっているかご存じないのでしょうね。他の男の前でそんな顔をしては絶対だめですよ。……もし、私以外の男の前で見せたら、私はその男を殺してしまうかもしれません」

物騒なことを言いながら、レイヴィンは胸を弄っていた手を下にずらし、両脚の付け根にそっと差し込んだ。

「ひゃん！」

ミュリエルが悲鳴を上げて、ビクンと身体を揺らした。

「レ、レイヴィン、そんなところ……！」

子どもの頃の入浴時を除いて、今まで他人に触れられたことがない大事な部分に、レイヴィンの指が触れていた。慌てて脚を閉じるが、もう遅い。レイヴィンの指は申し訳程度に生えている茂みを通り過ぎ、割れ目に達していた。

「や……」

指が花弁を這い回り、閉じた蜜口を撫で上げる。ミュリエルは異様な感覚に身をよじるが、レイヴィンの両脚にしっかり挟まれているために、逃れることはできなかった。

「大丈夫です、殿下。これは夫婦の間ではごく当たり前の行為なのです」

額や頬、それから唇にキスを落としながら、レイヴィンが宥《なだ》めるような口調で囁く。その間も秘裂を弄る指は止まらない。

「夫婦はこんなふうに互いに触れて、官能を高め合い、そして交わるのです。つまり、私がここに触れることはおかしなことではないのですよ」

「そ、そうなの？」

──世の中の夫婦もこういう行為をして、交わっているの？

ビクビクと震えながら、ミュリエルはぼんやりした頭の中でレイヴィンが言ったことを心に刻んでいく。

「そうです。だから怯えないで、身体の力を抜いて、脚を開いてください。……そうです、そうした方が私も触れやすくなりますので」

言われるがまま膝を開き、秘部を晒す。恥ずかしい行為のはずなのに、レイヴィンの声には逆らえなかった。

——でも、これでいいのだわ。だって私たちは夫婦なんだもの……。

蜜を纏った指が蜜口を探り、浅く掻き回し始めると、ミュリエルはたまらなくなり、シーツから手を離してレイヴィンの肩に縋りついた。

「あっ、んっ、レイヴィン……！」

「殿下、少し痛むかもしれませんが、我慢してください」

言葉とともに、彼の太い指がぐっと蜜口の奥に差し込まれていくのを感じ、ミュリエルは息を呑む。次に襲ってきたのは、痛みだった。

激痛とまではいかないが、鋭い痛みが下腹部に広がっていく。

「痛っ……」

「——やはり、狭いですね」

レイヴィンはそう呟くと、ミュリエルの中から一度指を抜き、またすぐ別の指を差し込んでいく。

「っ……」

今度は先ほどよりも痛みは少なかったが、それでも痛いことには変わりない。

「指を変えてみたのですが、すごくキツイ。やはり辛そうですね。すみません、殿下。もう少しおつきあいください。ここでやめたらあなたはこの行為を苦しいものとして覚えてしまう。それでは困るので、とりあえず今日はイクところまでにしましょう。大丈夫です、ここを弄れば……」

　割れ目のほんの少し上側にある粒をレイヴィンの指が摘まんだ。次の瞬間、ミュリエルの腰が跳ねあがる。

「やっ、あっ、だめっ！」

　今までの愛撫とは比べものにならないほどに強い快感が、全身を貫く。

「大丈夫です。怯えないでください。ここは女性の身体の中でも特に敏感な部分なのです。中でイケなくとも、ここを弄れば……ほら、奥から殿下の蜜が零れてくる」

　ひっそり隠れていた花芯を、ごつごつした指が摘まんでは擦る。皮を剝かれ、無防備になった突起に触れられるたびに、ビクンビクンと腰が跳ねあがった。

　足がシーツを掻き、胎内からドプンと蜜が零れる。それを潤滑油《じゅんかつゆ》として、レイヴィンは蜜口に埋まった指をゆっくり上下させた。

「や、あっ、あ、ああっ！」

　生まれて初めての感触に、ミュリエルの目からぽろりと涙が零れ落ちる。埋められた指に違和感を覚える一方で、花芯から送り込まれる快感が背筋を通って全身に巡っていく。

　気持ちいいのか悪いのか分からず、ミュリエルは混乱した。

　それでも指の感触に慣れてきたのか、しばらくすると痛みがすっと消えた。

「あっ……はぁ……あ、ん……」

　蕾を弄られると快感が強くなり、ミュリエルの感覚を支配する。その時を待っていたように、レイヴィンは指の数を増やした。これにも痛みを覚えたが、抜き差しを繰り返される間に、痛みはやがて消えていった。

「ミュリエル殿下、気持ちいいでしょう？」

「あ、ん、は、い……気持ちいい、です」

むず痒《がゆ》くて、いても立ってもいられない衝動も、「気持ちいい」のうちなのだと、先ほどレイヴィンは言っていた。だとすれば、ミュリエルが感じているのは紛れもなく快感だろう。

「慣れてくればもっと気持ちよく感じますよ。でもやはり今の段階では二本がギリギリといったところですね。この先は少しずつ覚えていきましょう。今日はさっき言ったとおり、イクということを覚えてください」

「ひゃっ……」

蜜壺に埋まった指を突然曲げられ、上側の壁を探られる。指の先がある一点に触れたとたん、ミュリエルは声を上げずにはいられなかった。

「あっ……！」

ビクンと大きく腰が震える。

「ああ、ここですね」

レイヴィンはにっこり笑うと、その一点を集中的に指で擦る。同時に親指を器用に使って充血した花芯をぐりぐりと弄り倒す。

「やぁっ。あ、レイヴィン……！」

敏感な部分を一度に責められて、ミュリエルは腰を浮かして逃れようとする。それでも彼女をベッドに縫いとめる身体はビクともせず、ミュリエルは脳天まで突き抜ける悦楽を受け入れるしかなかった。

中を探る指の動きに合わせて、ミュリエルの華奢な身体がシーツの上でびくびくと痙攣する。無意識のうちに膣壁が蠢《うごめ》き、レイヴィンの指を締めつける。

それを押し広げるように、バラバラと動く指にミュリエルは声を上げた。下腹部の熱はもはや爆発しそうなくらいに高まり、出口を探してミュリエルの内側を炙《あぶ》る。

ミュリエルは身体の奥から何かがせり上がってくるのを感じた。

「レイヴィン、ああ、レイヴィン……！」

助けを求めてレイヴィンに縋《すが》る。

「そろそろイキそうですね。殿下、その感覚をよく味わって覚えておいてください。誰の手で絶頂に導かれたか、心と身体に刻んでください。この先、あなたのこんな姿を見られるのは、私一人です」

「ああっ、だめ、もうだめ……！」

感じる部分を執拗に擦られ、目の前がチカチカと点滅する。

身体の中で熱が爆発し、急にはじけ飛んだ。

「あ、あああ！」

白い波がミュリエルを攫い、一瞬、何も見えなくなる。

「いやっ、あああ！」

背中を反らし、レイヴィンのシャツを握りしめながらミュリエルは絶頂に達した。

「殿下……」

「あっ……はぁ……ん……あ、ぁ……」

ミュリエルはヒクヒクと震えながら天井を見上げる。けれど、その視点は定まっておらず、ぼんやりと曇っていた。

レイヴィンはミュリエルの秘所から指を引き抜くと、荒い息を吐く彼女を愛おしそうに見つめながら、その頬をそっと撫でた。

「今日はここまでにしておきましょう」

……ここまで？

ぼんやりした頭の中に、レイヴィンの言葉が浸透する。そのとたん、ミュリエルは全身がさぁと冷えるのを感じた。

「殿下もお疲れでしょう。このままお休みください。でもその前に、汗をかいたでしょうから、身体を拭ってから……」

「待って、レイヴィン！」

ミュリエルはベッドを下りようとしたレイヴィンの袖を摑み、慌てて引き止めた。身体に力は入らなかったが、そんなことは関係なかった。

「まだ、まだ終わっていません！　だって、レイヴィンは――」

男性器を女性器に入れて子種を吐き出すまでが性交渉なのだとミュリエルは教わった。

でもレイヴィンはミュリエルの中にまだ入れていない。

つまりミュリエルの知っている知識においては、本当の婚姻関係は成立していないことになるのだ。

「わ、私は大丈夫ですから、続けてください！」

このまま性交渉がなければ、白い結婚ということになる。一定期間白い結婚の状態が続くと、婚姻は無効になるのだとミュリエルは聞いていた。

――せっかくレイヴィンの妻になれたのに……！

脳裏にエルヴィーネの顔がちらついた。自分とレイヴィンの結婚が無効になれば、今度は……。

――そんなのは嫌！

なんとしてもこの婚姻を成立させなければならない。ミュリエルはそう考え、離れようとするレイヴィンに懇願した。

「大丈夫！　我慢できるから、ここにレイヴィンの男性器を入れてください、お願い！」

ミュリエルは両脚を開き、しとどに濡れた秘所を晒す。切羽つまっているミュリエルにはその姿態がどれほど淫靡であるのか分かっていなかった。

「殿下……」

目を見開き、レイヴィンは紅色に光る秘部を見つめてから、ふと目を逸らした。

「殿下。まだ殿下には無理です。このまま入れたらあなたが壊れてしまう」

「構いませんから、お願い！」

どんなに大変だとしても我慢できる。決意も新たにレイヴィンを見上げる。

レイヴィンは、しばらくミュリエルを見つめていたが、ふぅっとため息をついてトラウザーズの前をくつろがせた。

「分かっていませんね、殿下。あなたは欲望を募らせた男性器など今まで見たことがないはずだ。……これがあなたの中に入るのですよ」

窮屈そうに飛び出してきたものを見てミュリエルは「ひっ」と悲鳴を上げかけた。

猛々しい浅黒い棒状のものがレイヴィンのトラウザーズを押しのけて天を向いていた。まるで別の生き物のようだ。怒張し、青筋の浮かんだ肉茎が、凶暴さを訴えている。太さもミュリエルの腕よりあるかもしれない。

――これが、男性器……？

とても礼儀正しいレイヴィンのものとは思えなかった。言葉もないミュリエルに、レイヴィンは苦笑した。

「まだ無理だと言った意味がお分かりでしょう？　あなたは華奢で、とても繊細だ。これを無理やり入れたら、あなたが壊れてしまう。もっと慣らす必要があるのです。それも一日や二日ではなく、もっとじっくり時間をかけないと……」

言いながらトラウザーズに怒張をしまおうとするレイヴィンに、ミュリエルは我に返って言い募った。

「大丈夫です！　だ、だって、収まるようにできているのでしょう？　私は大丈夫だから……お願い、レイヴィン。私を名前だけではなく、あなたの本当の奥さんにして……！」

ミュリエルのこの言葉の何がレイヴィンの琴線《きんせん》に触れたのかは分からない。けれど、レイヴィンはぎゅっと口を引き結んだ後、ミュリエルに手を伸ばした。

「望んだのはあなたです。どうなっても知りませんからね」

レイヴィンはミュリエルの太ももを摑んで引き寄せると、大きく開かれた両脚の付け根に、猛った太い先端を押し当てた。

いよいよだとミュリエルは覚悟する。

――大丈夫。我慢してみせる。

ぎゅっと目をつぶる。けれど、レイヴィンが腰をつきだし、小さな蜜口に嵩《かさ》の張った先端が埋まった次の瞬間、ミュリエルを襲ったのは激しい痛みと強い圧迫感だった。

「いっ――――！」

痛いと言葉にできないほどの衝撃だった。ぎちぎちと股を割り裂いて儚《はかな》い入り口を蹂躙《じゅうりん》するのは、指とは太さも大きさもあまりに違うものだった。

――苦しい！　痛い！

息をするのも難しい有様だった。

もともとミュリエルは王女として大事に守られて育ってきた。痛みを覚えることも少なく、それ故に、我慢したこともほとんどないのだ。

——耐えなきゃ……！

そうは思っても、身体の中心を穿《うが》つ凶器に、ミュリエルは怯えた。

「キツ……」

レイヴィンが顔を顰める。それでも彼の動きは止まらず、さらにずぶりとミュリエルの隘路《あいろ》を押し広げていく。

——壊れる……！　壊れてしまう……！

本能的な恐怖から、ミュリエルの虚勢《きょせい》は一気に崩れた。

「だめっ、レイヴィン、だめ——！」

叫んだ直後、レイヴィンの動きは止まる。けれど、ミュリエルがそれに気づくことはなかった。

ふっと目の前が暗くなり、意識を手放していたからだ。

レイヴィンは急に弛緩《しかん》したミュリエルに気づいて、ため息をついた。彼女は気絶していた。

痛いくらいにぎゅうぎゅうと締めつけていた膣壁も力を失い解けていく。もしかしたら、

気絶した今なら問題なく奥まで進めたかもしれないが、レイヴィンはその方法を選ばなかった。

「くっ……」

今すぐ欲望を解放したいという誘惑に抗《あらが》い、ミュリエルの中の己を引き抜く。名残惜しいが、レイヴィンはミュリエルを壊したくないし、意識のない時に想いを遂げたいとも思わない。

「……はぁ……」

腰の中心に溜まった熱を吐き出すかのように深い息を吐くと、レイヴィンは自身の怒張をトラウザーズの中に押し込め、乱れた服を整える。そして、ミュリエルの頬にそっと手を伸ばした。

うっすらと涙の跡があった。相当辛かったのだろう。

「殿下……」

涙を拭い、滑らかな頬を撫でる。それから、手を下ろしていき、華奢なくせに豊かに張り出した胸に触れ、最後に薄い下腹部を撫でた。

「あなたの本当の奥さんにして……か……」

ミュリエルが叫んだ言葉を呟くと、レイヴィンの口元に苦い笑みが浮かんだ。

「そうしたいのは俺もやまやまですよ、殿下。でも……」

今日、ミュリエルと最後まで性交渉をするのはとても無理だと最初から分かっていた。

レイヴィンは体格に見合う立派なものを持っているし、ミュリエルは小柄で膣も小さい。何日もかけて慣らしていかないとレイヴィンを受け入れるのは難しいだろう。

覚悟して初夜に臨んだはずだった。

「それなのに、あなたという人は俺をとことん煽《あお》ってくれますね。まったく、いけない人だ」

一人称が素に戻っていることに気づかないまま、レイヴィンはミュリエルの下腹部を撫でながら囁いた。

「でもあなたが純潔のままでいられるのは、ほんの少しの間だけです。陛下の思惑にのるつもりはありません。遠くないうちに必ず、ここに俺を受け入れていただきますよ、殿下」

執着をにじませた呟きを、ミュリエルは知らない。

# 第四章　みそっかす王女の奮闘

何かが頬に触れた気がしてミュリエルはまつ毛を震わせた。沈んでいた意識が急速に浮上する。

閉じた瞼越しに明るさを感じて、ミュリエルは光を避けるように寝返りをうった。

すると今度は、誰かの指が額にかかった髪をそっと払い、耳にかける感触がした。

――う……ん、モナ……？

モナが起こしにきたのだろうと瞼を開けると、レイヴィンの笑顔が目の前にあった。

「すみません、起こしてしまいましたね」

「……レイヴィン……？」

ミュリエルの頭はまだぼんやりしていて、なぜ彼がここにいるのか理解できない。

――起こしにくるのは侍女のはず……どうして……。

そこまで考えた時、レイヴィンの頭の向こうに見慣れぬ天蓋が見えて、ミュリエルは自分がどこにいるのかを思い出した。

――そうだわ、私はレイヴィンと結婚したのだわ！

ここは王都にあるブラーシュ侯爵家の屋敷で、ミュリエルとレイヴィンの寝室だ。

「あ、私っ……」

慌てて身を起こしたミュリエルは、両脚の付け根に鈍い痛みを覚えて顔を顰める。痛みの原因がとっさに分からなかった。

――どうして、こんな痛みが……。

そこまで考えた直後、昨夜のことが頭に浮かび、ミュリエルの顔は真っ赤に染まった。

――そ、そうだわ。私はレイヴィンと初夜を過ごして……。

自分の身体を見下ろすと、昨夜脱がされたはずの夜着を身に着けていた。もちろん、ミュリエルに覚えはないので、レイヴィンか、もしくは使用人の誰かが着せてくれたに違いない。

「あ、あの、レイヴィン。こ、この私の服は、一体誰が……？」

どうか着せたのはモナでありますように――そう願いながらミュリエルは恐る恐る尋ねてみる。ところがレイヴィンはにっこり笑ってミュリエルが恐れていた答えを告げるのだった。

「私が着せました。妻の服を脱がせるのも着せるのも夫の特権ですから」

「そ、そうなの？」

異性にそんなことをされるなど、恥ずかしくて穴があったら入りたいくらいだが、レイヴィンがそう言うのなら、そのとおりなのだろう。

ミュリエルは素直に信じ、そっと目を伏せる。

「ごめんなさい、私、何も知らなくて……その、閨のことも……」

昨夜のことを思い出し、ミュリエルは落ち込んだ。予想外の激痛だったとはいえ、我慢できずに気を失ってしまうだなんて。

――私はまだレイヴィンの妻になっていない……。

房事《ぼうじ》に疎《うと》いミュリエルにも、何となく分かっていた。確かに両脚の付け根は痛むが、もしもレイヴィンがもっとその先に進んでいたら、こんな痛みではすまなかったはずだ。

「あなたを満足させることもできず、閨事の最中に気絶するなんて、私、奥方失格ね……」

レイヴィンはそっと手を伸ばし、うなだれるミュリエルの髪に触れた。

「そんなことはありません、殿下。私の方こそ煽られたとはいえ、まだ準備のできていない殿下に無茶をさせてしまいました。少しずつ慣らそうなどと言いながらこの体《てい》たらく。殿下の騎士として失格なのは私の方です」

「そんなことないわ！　レイヴィンは立派な騎士よ。私の方が――」

顔を上げたミュリエルは優しい光を宿した青い瞳に気づいて言葉を切った。レイヴィンは微笑みながら身を乗り出し、ミュリエルの頭のてっぺんにキスを落とす。

「失格なのはお互い様というわけですね。では、これから少しずつ互いのことを学びながら進んでいきましょう。焦ることはありません」

「レイヴィン……」

確かにレイヴィンに焦りはないだろう。焦っているのはミュリエルだけだ。白い結婚を理由にいつ離婚を言い渡されるか怯えているのも。

——……エルヴィーネお姉様の影に怯えているのも、私だけ。

レイヴィンは顔をあげて背筋を伸ばすと、口調を改めた。

「さて、殿下。私はこれから城へ行ってまいります」

「城へ？」

言われて初めてミュリエルは気づいたが、レイヴィンは騎士団の制服を纏っていた。どうやら城に向かう前にミュリエルの様子を見に来たようだ。

「で、では、お見送りを——」

あたふたとベッドを下りようとしたミュリエルをレイヴィンは止める。

「見送りは大丈夫です。殿下は昨日の疲れもあるでしょうから、今日はこのままゆっくり休んでいてください。モナにもしばらく寝かせておくようにと伝えてありますので」

「でも……」

と言いかけてミュリエルは口を噤んだ。

女性の支度は時間がかかる。ミュリエルが着替えるのを待っていたら、レイヴィンはいつまでたっても出かけることができないだろう。

——私の我が儘でレイヴィンの足を引っ張るわけにはいかない。

「……分かりました。お見送りできませんが、レイヴィン、気をつけていってらっしゃい」

ミュリエルが精いっぱい微笑むと、レイヴィンも口元を緩ませながら頷いた。

「はい、行ってきます、殿下」

「あ、待って、レイヴィン！」

踵を返して行きかけたレイヴィンをミュリエルは呼び止める。

「はい。何でしょう？」

振り返ったレイヴィンに、ミュリエルは思い切って言った。

「私は……その、もう王族ではないのだから、『殿下』という呼び方は相応しくないと思うの」

礼拝堂で結婚宣誓書に署名した時から、ミュリエルの身分は王族ではなくなっている。今はブラーシュ侯爵夫人だ。

「これからはミュリエルと名前で呼んでほしいの」

「そうですね。ではミュリエル様」

「様はいらないわ。わ、私は……レイヴィンの妻なんですもの。夫が妻に様なんてつけるのはおかしいでしょう？」

言いながら恥ずかしくなり、耳まで真っ赤になる。けれど、これだけは譲れなかった。

「分かりました。ミュリエル」

レイヴィンはくすっと笑うと、大股でベッドに戻った。それからミュリエルの顎をすくいあげて、サッとキスを奪う。

「んっ……」

触れるだけのキスだったが、押しつけられた唇がとても熱く感じられた。やがてレイヴィンは顔を上げると、ミュリエルの耳に小さな声で囁く。

「行ってきます、ミュリエル。私の帰りをいい子で待っていてください」

「レイヴィン……」

レイヴィンは爽やかな笑顔をミュリエルに向けると、部屋から出て行った。

ミュリエルはレイヴィンの姿が扉の向こうに消えると、指でそっと唇に触れた。そこにはまだレイヴィンの唇の感触と熱さが残っていた。

柔らかいシーツの上に背中から倒れ込み、ミュリエルは広いベッドをゴロゴロと転がる。モナ以外の侍女に見つかったら行儀が悪いと怒られるところだが、今ミュリエルを咎める者はいなかった。

――どうしよう、胸がドキドキする。

名前を呼ばれただけなのに、嬉しくてたまらない。今ようやく、ミュリエルは自分がレイヴィンと結婚したことを実感できた気がした。

――私、本当にレイヴィンの妻になったんだわ。

けれど、喜んでいられたのもほんの少しの間だけだった。自分の失敗を思い出し、今度は上掛けを頭からひっかぶる。

――どうして私はこうなのかしら？

本当の妻にもなれない。仕事に行くレイヴィンの見送りをすることもできなかった。エルヴィーネなら……あの完璧な姉だったら、妻としての役割をきちんと果たすことができただろう。レイヴィンが屋敷を出る時間に合わせて支度を終えて、見送ることもできたに違いない。

「お姉様なら……」

ミュリエルはどうしようもなく惨《みじ》めだった。


それからどのくらい経ったのか、モナが様子を見にきた時もミュリエルはベッドの中で落ち込んでいた。

「ミュリエル様……ど、どうなされたのですか？」

「……失敗したの。大失敗よ……」

ミュリエルは力なく起き上がってうなだれた。

「私、レイヴィンの本当の妻になれなかったの……途中で痛みのあまり、気絶してしまって」

「ええっと、それではまだ姫様は処女《おとめ》だと？」

「気絶してしまったから定かじゃないけど……レイヴィンの口ぶりだと……」

レイヴィンはミュリエルの純潔は奪っていないと明言はしなかったが、あの口ぶりだと気を失った後、止めてしまったのだろう。

モナはしばらく目を見開いていたが、決心したように頷くと、ミュリエルの下半身を覆う上掛けに手をかけた。

「少し失礼します、姫様」

言いながら上掛けをめくりあげる。けれど、白いリネンのシーツのどこにも赤い印は見当たらなかった。

「姫様の言うとおり、姫様の純潔はまだ保たれているようですね……」

「私はレイヴィンの本当の妻になりたいのに……。でも、どうしたらあの激痛を我慢できるか分からないの……レイヴィンのその……男性器は大きくて……わ、私の中に入るとは思えない……」

こんなことを未婚のモナに言うべきではないのかもしれない。けれど、ミュリエルには他に相談できる相手がいなかった。

モナは難しい顔をして唸った。

「うーん、どうやらコナーさんとフリーデさんの懸念どおりになってしまったみたいですね」

「執事長と家政婦長？」

コナーというのは執事長の名前で、家政婦長はフリーデという名前だ。二人は夫婦でこの屋敷を支えている。

「はい。昨夜、姫様のお部屋を辞したあと、姫様とレイヴィン様が床に着きましたと報告するために、コナーさんとフリーデさんのところへ伺ったのです。その時にちょうどお二人がレイヴィン様たちのことを心配なさっておいでで……」

『話には聞いていたが、奥方様があまりに華奢なので心配でね』

『うちの若様……いや、旦那様は身体ががっしりしていて、それに比例してあっちも大きいからね。旦那様が本懐を遂げたら、奥方様が壊されてしまうんじゃないかと、それが心配なのよね。もちろん、私がお育てした旦那様は、痛がる女性を押さえつけて無理やりなんてことはしないと思うんだけど……』

執事長のコナーと家政婦長のフリーデはそんなふうに言っていたという。

「フリーデさんは昔レイヴィン様の乳母をしていたそうです。そのこともあって、その、レイヴィン様の大きさを心配なさってて。でも侯爵家の跡継ぎに関わることですから、お二人が気にするのも仕方ないのかもしれません」

「うう……」

ミュリエルはそれを聞いて両手に顔を埋めた。そんなことを心配されるとは。恥ずかしくてあとでどんな顔をして二人と顔を合わせたらいいのか分からない。

主人に対してそこまで踏み込んだ心配をするなんて、城では考えられないことだ。だが、仕える顔ぶれが数年ごとに少しずつ変わっていく王族とは違い、先祖代々一族で仕えている使用人もいるというブラーシュ侯爵家とでは主人に対する考え方が違うのだろう。

「恥ずかしがるお気持ちは分かりますが姫様、ここが踏ん張りどころですよ！」

モナが叱咤激励する。

「レイヴィン様と本当の夫婦になりたいのであれば、手段を選んではいられません。幸い、コナーさんとフリーデさんをはじめ、この屋敷の者は皆姫様に好意的で、お二人がきちんと夫婦になることにとても協力的なようです。未婚の私では姫様のお役に立てないことも、皆の知恵を借りればどうにかできるでしょう。このモナにお任せくださいな！」

ドンと胸を叩くと、モナはミュリエルの支度を開始した。

「ひとまず着替えてお食事にしましょう。レイヴィン様のためにも、姫様はしっかり食べて体力をつけなければなりませんからね」


自分に任せろと請け負ったモナが、とあるものを手にミュリエルの部屋に戻ってきたのは、ミュリエルが食事を終えて、部屋のソファでお茶を飲んでいた時だった。

「これは？」

ミュリエルがテーブルに置かれたガラスの入れ物をしげしげと見ながら尋ねると、モナは意を得たように答えた。

「レイヴィン様と夜を過ごすために役立つものだそうです、姫様」

「夜を過ごすために役立つもの？」

「はい。コナーさんとフリーデさんに相談したら、この薬を使ってみてはどうかと勧められました。なんでも、潤滑剤なのだそうです」

ミュリエルは首を傾げる。

「潤滑剤……？」

ガラス瓶を手に取り、真鍮《しんちゅう》で作られた蓋を開けてみると、中には半透明のクリーム状の薬が入っていた。

「塗り薬……よね？」

少なくとも服用する類の薬には見えない。形状は肌の乾燥を防ぐためにつけているクリームによく似ている。

「匂いは……あら、いい香り……」

ガラス瓶を鼻に近づけると、ほのかに花の香りがした。どの花のものかはミュリエルには分からないが、甘さが感じられる匂いだった。

「香り付きだそうです。ご婦人方に人気で、貴族の間でも流行っているとのことです。ただし、コナーさんはくれぐれも姫様だけで使用したりはせず、使い方はレイヴィン様に教えてもらってほしいとおっしゃっていました」

「レイヴィンに？　そうね、確かに自分で使えと言われてもやり方が分からないものね。

分かったわ、レイヴィンに聞いてみます。とにかく、これを使えばレイヴィンを受け入れることができるのね？」

「絶対というわけではないそうですが、この薬を使えばかなりマシになるそうですわ」

「ありがとう。ぜひ使わせていただくわ」

ミュリエルは薬をそっと胸に引き寄せた。

——これで、レイヴィンの本当の妻になれるのね……。

ミュリエルの期待は高まっていた。


レイヴィンはちょうど夕食が始まるという時間に屋敷に戻ってきた。

「お帰りなさい、レイヴィン」

今度はきちんと玄関ホールで出迎えることができて、ミュリエルはひとまずホッとする。

「ただいま戻りました。ミュリエル」

マントを執事のコナーに預けたレイヴィンは、ミュリエルに近づくと、額にキスをした。

そのとたん、玄関ホールに迎えに出ていた使用人たちと、屋敷の警備に当たっていた騎士たちの間にどよめきが走る。

「まさか、あの旦那様が……」

「副総長が人前でこんなに堂々と女性にキスをするとは……！」

皆、信じられないという顔でレイヴィンを見ていた。

ミュリエルははじめ、なぜ彼が額にキスをしただけで皆がこれほど騒ぐのか分からなかった。ミュリエルの両親は結婚して三十年以上経っても仲がよく、子どもたちの前でも平気でキスをしたりする。夫婦といえば両親が基準のミュリエルにとって、額にキスなど挨拶のようなもので、騒ぐ理由が分からない。

だが、彼らが驚いているのはキスをしたことではなく、レイヴィンが人前で女性にそのような行為をしたことに驚いているのだった。

レイヴィンは顔をあげ、騎士たちを見る。

「私とミュリエルは夫婦だ。何もおかしくないだろう。文句があるのなら、あとで訓練所に来るがいい。存分に相手をしてやるが？」

「と、とんでもないです！」

レイヴィンに睨まれた騎士たちはぶるぶると首を横に振る。ミュリエルはそれを見てくすっと笑った。レイヴィンの特訓は厳しいことで有名なのだ。

騎士たちと一部の使用人が大人しくなったのを見計らい、レイヴィンはミュリエルに声をかけた。その様子を執事長のコナーは微笑みながら見守っている。

「さぁ、ミュリエル、行きましょう。今日何をしていたのか、夕食を取りながら教えてください」

教えるといっても、半日はベッドにいたし、特別に何かをしていたわけではない。せいぜい、屋敷を見て回ったくらいだ。けれど、レイヴィンは細かいところまで知りたがった。ミュリエルは尋ねられるまま、今日見たこと、聞いたことを話していく。

夕食後、談話室のソファに二人並んで過ごしている時、レイヴィンは真顔になって言った。

「何か少しでも、不自由を感じたり不快感を覚えたら、私か執事長のコナーに言ってください。すぐに対処しますので」

「いいえ、不自由でも不快でもないわ。皆さん、とてもいい方だから。私のこの髪と瞳を見ても何も言わないし、気にしていないみたいなので、すごく気持ちが楽だったわ」

初めてミュリエルと顔を合わせる者たちは、彼女の目立つ髪の毛と瞳にまず目がいく。金髪や銀髪はいるが、ミュリエルのような色を持った者は他にはいないからだ。

その後は珍しそうな視線だけですむことが大半だが、まれにミュリエルに気味悪そうな視線を向ける者たちがいる。本人は隠そうとしているが、どうしたって分かってしまうものだ。

物心ついてから、何度かそんなことがあって、ミュリエルは見知らぬ人と顔を合わせるのが怖くなり、ますます部屋の中に閉じこもるようになってしまった。

「うちにそのような輩はおりません。ブラーシュ侯爵家に仕える者は、ミュリエルのその髪と瞳の色が王家に時々現れる色だということをよく知っていますから」

「まぁ。城で働く下級貴族の中には曾おばあ様のことを知らない者だっているのに……」

「種明かしをしてしまえば、先々代の女王陛下と、当時の侯爵夫人――私から見れば曾祖母にあたる方が親しい友人同士だったので、二人が描かれた肖像画が残っているのです。我が家の誉れであり、宝です。ですから、あなたの髪や瞳に親しみを覚える者はいても、否定的な気持ちを持つものはおりません」

なるほど、この館の使用人たちがミュリエルを見てもそれほど驚かないのは、そのせいだったのか。

「色々と逸話があるんですよ、先々代の女王陛下と曾祖母の間には。二人は幼馴染みで……なんというか、悪戯仲間だったようですので」

レイヴィンは先々代の女王と当時のブラーシュ侯爵夫人との若き日の逸話を語り聞かせ、ミュリエルを笑わせた。先々代の女王はかなりお転婆な性格だったようだ。

新鮮な気持ちでミュリエルはレイヴィンの話に聞き入った。

あまりに先々代の女王たちの話が面白かったので、潤滑剤についてレイヴィンに伝えていないことをミュリエルが思い出したのは、夜もふけて寝室に向かおうという時だった。

「あ、あの、レイヴィン。伝え忘れていたのだけど、コナーたちがこの薬を、その……使ってほしいと」

ベッド脇のサイドテーブルにガラス瓶をおずおずと置くと、ベッドの縁に腰をおろしていたレイヴィンが眉を寄せた。

「それは？」

「潤滑剤だそうよ。どうやって使うのかは分からないのだけれど」

「潤滑剤？」

目を見張ったレイヴィンだったが、ややあって片手で額を覆い、苦笑した。

「それはなんとも……」

「レイヴィン？」

「いえ、何でもありません。……ただ、使用人がそのようなお節介をするほど心配をかけたのだと思うと、少しばかり恥ずかしいだけです」

「レイヴィンが恥ずかしい？」

恥ずかしがるレイヴィンなど初めて見たミュリエルは、思わずまじまじと彼を見つめた。

「私とて恥ずかしいと思うことはあります」

レイヴィンは手をどけて顔をあげると、少し拗《す》ねたように口を尖らせる。

「ただ、城では部下の手前、なるべく感情に流されないよう、自分を律しているだけです」

ミュリエルはレイヴィンが気分を害したのだと思い、焦った。

「ごめんなさい。バカにしたわけではないの。ただ……あなたの色々な面を見られて新鮮だなと思って」

これは嘘偽りないミュリエルの気持ちだった。ミュリエルが城で会うレイヴィンは大人で、いつも礼儀正しくて、部下からの信頼も厚い騎士の中の騎士というイメージだ。楽しそうに笑うことはあっても、恥ずかしがったり照れたりしている姿は一度も見たことがなかった。

「……私もミュリエルの色々な表情を見られて嬉しいですよ」

レイヴィンはベッドから立ち上がると手を伸ばしてミュリエルを抱き寄せる。ミュリエルはドキドキしながらレイヴィンに寄り添った。

「それで、ミュリエル。その薬の使い方について、コナーたちは何か言っていましたか？」

ミュリエルは首を横に振った。

「いいえ。使い方はレイヴィンに教わるようにと伝言を受けました」

「なるほど、我が家の使用人ながら、気が利くことだ」

くすっとレイヴィンは笑った。

「男性であれ女性であれ、あなたの大事な場所を私以外の誰かが触れることも、薬を使うあなたの姿を見ることも許さない。もしそんな輩がいたら、私はそいつを殺してしまいたくなってしまいます。彼らはそれをよく分かっているのでしょう」

冗談なのか本気なのか、レイヴィンは物騒なことを言う。驚いて見上げたミュリエルに、レイヴィンは爽やかな笑顔を向けた。

――なんだ冗談だったのね。

安堵する一方で、少し残念な気持ちになりながら、ミュリエルは微笑んだ。

「私に触れるのはレイヴィンだけよ」

「ええ。あなたに触れていいのは、夫である私だけです」

ミュリエルの額と頬にキスを落とし、最後は顎をすくいあげて唇を寄せながら、レイヴィンは囁いた。

「あっ……」

「薬の使い方も気持ちよくなる方法も、全部私が教えて差し上げます、ミュリエル」

視界をレイヴィンの顔が覆う。ミュリエルは目を閉じておずおずと唇を差し出した。

温かいものが押しつけられた直後、うっすらと開いたミュリエルの唇の隙間から、レイヴィンの舌が差し込まれる。ミュリエルはそれを喜んで受け入れた。

「んっ……ぁ、はぁ……んん……」

舌が絡まり、背筋を這いあがってくる快感に、ミュリエルは小さく身を震わせる。

「ふっ……ん、ん……」

溢れた唾液を啜《すす》り合うと、手の先まで痺れが広がった。

「ミュリエルはキスが好きみたいですね」

呼吸の合間に顔を上げたレイヴィンが、掠れた声で囁く。

「はい。キスするの、好き……」

どんなにレイヴィンとキスをするのが好きか言葉を尽くして伝えたかったが、まるで幼い子どものような受け答えしかできなかった。だが、レイヴィンはその答えがいたくお気に召したらしい。

「ああ、ミュリエル！　なんて可愛いんだ……！」

レイヴィンはミュリエルをぎゅっと抱きしめ、再び唇を奪った。

「んぅ……ふ、ぁ、はぁ、あ……レイ、ヴィン……」

――だめ、気持ちよくて、ふわふわしてくる。

舌を絡ませると、咥内をまさぐるレイヴィンの動きがより激しくなった。

しばらくしてレイヴィンは顔をあげると、うっとりと見上げるミュリエルの耳に囁いた。

「では、ミュリエル。せっかくなのでコナーたちが用意してくれた薬を使ってみましょうか」

ミュリエルは頷く。もちろん否やはない。

「ではまず、下履き《ドロワーズ》を脱いでベッドにあがって脚を開いてください」

「え？」

ミュリエルは目をパチパチと瞬かせる。

――今、なんと？

「ド、ドロワーズを脱いで、脚を開く……のですか？」

とてもレイヴィンが言ったとは思えない言葉に、ミュリエルは戸惑いを隠せなかった。

「はい。脱がないと薬が塗れませんから」

「そ、そうなのですね……」

やはり潤滑剤は下履きで隠している部分に塗るのだ。ようやく、用途と目的をおぼろげながら理解できたミュリエルだったが、素直に従えるかというと話は別だ。

　肌を異性に見せてはならないと厳しくしつけられて育ったのだ。薄い夜着一枚でも心もとないのに、自分から下履きを脱いで脚を開いてみせろと言われても、簡単に従えるわけはない。

「大丈夫です、ミュリエル。確かに淑女はみだりに肌を出してはならないと習いますし、そのとおりなのですが、私たちは他人ではなく夫婦です。夫婦の間に禁忌はありません。それに、私はすでにあなたの裸を見ましたし、ここにも触れています」

「あっ、んっ！」

　突然、レイヴィンの片手が伸びてミュリエルの両脚の付け根に触れて離れた。昨夜のことを思い出させる感触に、夜着越しだったにもかかわらず感じてしまい、ミュリエルは思わず声を上げる。

「恥ずかしがることはありません」

　ぶるっと身を震わせたミュリエルの背中をそっと撫でながらレイヴィンが唆《そそのか》す。

　もちろん、普段だったらミュリエルはもっと抵抗したし、容易に頷きはしなかっただろう。けれど、この時の彼女は深いキスで頭がぼうっとしていたこともあり、レイヴィンの言うことが正しいと思ってしまった。

　――そ、そうよ。夫婦、ですもの。恥ずかしがることはないんだわ。

「わ、分かったわ。ドロワーズだけ脱げばいいのね？」

ミュリエルはレイヴィンから少し下がると、夜着の裾をそっとまくりあげた。露わになっていく部分にレイヴィンの視線を感じて、頬が熱くなる。きっと今の自分は真っ赤になっているに違いない。

だが不思議なことに、恥ずかしくてたまらないのに、見られていることに興奮している自分がいた。

小刻みに震える手でドロワーズのリボンを解き、ウエストの部分に手をかけて、ゆっくりと下ろしていく。床にパサリと白い布が落ちる。

「では、ベッドに上がって」

「は、はい」

促され、ミュリエルはベッドに向かう。何も纏っていない場所がスースーして心もとない。それでもミュリエルは指示どおりにベッドに上がり、レイヴィンの方を向いて腰を下ろした。

「膝を立てて、裾をめくって両脚を開いてください」

「……え、ええ。分かったわ」

言われたとおりに裾をめくって膝を立てて、脚を開いていく。大事な部分が露わになっていくことに気づいて、かぁっと身体が燃えるように熱くなった。

――恥ずかしい。でも、これもレイヴィンの本当の妻になるのに必要だというなら……。

「もっと脚を開いてください、ミュリエル」

潤滑剤の入ったガラス瓶の蓋を開け、ミュリエルの横に置きながらレイヴィンが言った。

「こ、こうですか、レイヴィン？」

おずおずと脚を広げるミュリエルに、レイヴィンはにっこり笑って頷く。

「はい、そこまで開いてくだされば十分です」

ミュリエルはホウと息を吐く。ベッドの上で膝を開き、大事な部分を自ら晒している姿がどれほど淫らに映るのか、彼女は気づいていなかった。

「綺麗ですよ、ミュリエル」

青い目が食い入るようにミュリエルを見つめる。ミュリエルは全身が心地よく痺れていくのを感じた。

「そうしたら、その潤滑剤を指に取って……ええ、そうです。それをあなたの脚の付け根に……ああ、すでに濡れていますね。興奮しているのですか、ミュリエル？」

羞恥のあまり、ミュリエルは血が頬に上がってくるのを感じた。けれど、否定はできなかった。レイヴィンの目の前で下着を脱いでいる間に、なぜか奥からじわりと蜜が染み出してきていたのだから。

「私……その……」

「恥ずかしがる必要はないと言ったでしょう？　むしろ、ミュリエルが私を欲しがっている証だと思って嬉しく思います」

レイヴィンは慰めるように言うと、ミュリエルを促す。

「さぁ、ミュリエル。薬が垂れないうちにその指を脚の付け根に……」

「こ、ここ、ですか？」

「そうです。入り口はそこです」

言われたとおりに花弁を開き、クリーム状の薬にまみれた指を蜜口に近づけた。自分ではほとんど触ったことのないミュリエルだが、染み出してきた蜜のおかげで入り口が何となく分かる。

「んっ、冷たい……」

熱を帯びた場所に、薬はとても冷たく感じられた。ところがすぐにミュリエルの体温によって温められ、程よく伸びて入り口に広がっていく。

昨夜、レイヴィンに初めて指を入れられた時の痛みを思い出して、ミュリエルは恐々《こわごわ》入り口をまさぐった。違和感はあるものの痛みはなく、ミュリエルの蜜口はすんなりと自分の指を受け入れていく。

「痛いですか？」

ミュリエルは首を横に振った。

「いいえ。最初に引きつるような感覚はあるけれど、痛みはないみたい……」

「では、もっと指を奥に」

ぬぷっと自分の指を入れていくと、生温かい肉壁に包まれる。

——私の中ってこんなふうなの？

息をつめて第二関節まで指を入れてみたが、恐れていた痛みはなかった。

「大丈夫そうですね。ではもう一本指を増やしてください。人差し指をそうっと、添わせて……」

二本目の指を入れたが、今度は引きつれたような痛みがあった。

「入り口が少し……痛いです。でも……」

先ほどと同じように、少ししたら違和感は薄まり、それとともに痛みも小さくなっていった。

「少し、指を動かしてみましょう。薬をなじませるために」

「は、い……っ、あっ、ん……ンンっ」

言われるままに二本の指をゆっくり出し入れする。昨夜、ここにレイヴィンが入っていたことを思い出し、下腹部がきゅんと疼いた。

クリーム状の薬はミュリエルの体温によって温められ、少し粘着質のものへと変化していた。そのため、抜き差しを繰り返すとぬちゃぬちゃという音が割れ目から聞こえる。その音がさらにミュリエルの羞恥心を煽った。

――恥ずかしい。でも……レイヴィンがそれを望むのなら。

ちらりとレイヴィンを窺うと、色の濃くなった青い目でミュリエルの脚の付け根をじっと見つめていた。

――レイヴィンに、私の恥ずかしいところを食い入るように見られている。

背筋がゾクゾクとした。奥からトロリと蜜が零れてきて潤滑剤と混ざり合う。さらに塗り込めるように指を動かすと、お腹の奥からさざ波のように快感が全身に広がっていった。

「あんっ、んんっ」

鼻から抜けた音がひっきりなしにミュリエルの唇から零れていく。

「気持ちいいですか、ミュリエル？」

「はい。気持ち……いい……」

けれど、何かが足りないと思った。お腹の奥が熱くなって疼くのも昨夜と同じだ。でも足りなかった。昨夜はこんなものではなかった。もっと、気持ちいいと感じたのに。

——足りない。何かが足りない。

ミュリエルは夢中になって指を出し入れするが、昨夜覚えさせられた快楽を追うことばかりを考えて、本来の目的を忘れつつあった。

「腰が揺れてますよ」

指摘されて、ミュリエルはハッと目の前のレイヴィンを見る。足りないものが分かった。レイヴィンだ。

「レイヴィン……お願い。奥に届かないの……助けて」

レイヴィンの指はもっと奥にたどり着いていた。自分の指だけではそこまで届かないのだ。

「はい、ミュリエル。喜んで」

嫣然《えんぜん》と笑うと、レイヴィンは指に潤滑剤をつけて、ミュリエルの蜜壺に這わしていく。

「ミュリエル、あなたの指はそのまま入れておいてください。私の指を入れれば三本です。昨夜よりももっと多くを受け入れられたことになります」

「あっ、はぁっ……」

ずぶっと音を立ててレイヴィンの中指がミュリエルの中に埋まっていく。狭い膣の中で、ミュリエルとレイヴィンの指が触れ合った。

不思議な感覚だった。自分の中に他人の指が埋まっていることも、自分の指と触れ合っていることも。

「痛くはないですか、ミュリエル？」

「はい、大丈夫、です」

「では指を動かしますよ」

「あ、んっ、いいっ……」

ゆっくりと動く指が、今までミュリエルの指では届かなかったところに触れる。求めていたのはこれだと感じた。

レイヴィンの指の動きに合わせてミュリエルの腰が揺れる。無意識のうちに気持ちのいい場所に当たるように動いていた。

「はぁ、ん、ンンっ、あ、はぁ」

喘《あえ》ぎながら指と腰を動かすミュリエルの表情は、あどけなさを残しながらも、すっかり女のものだった。

「ミュリエル……」

動きがどんどん激しくなっていく。ミュリエルは、昨夜と同じように内側から何かがせり上がってくるのを感じた。

「ああ、レイヴィン、ああ、イクの……っ！」

「いいですよ。私とあなた自身の指でイきなさい」

さらにずぶずぶとミュリエルの中に指を埋め込みながら、レイヴィンの口元が弧を描く。

「ひゃぁっ、ああ、ああっ、あああ！」

ミュリエルはシーツにつま先をくいこませながら、小さな絶頂に達した。ビクビクと身体が小刻みに揺れる。

「あっ……はぁ……あ……」

目を閉じて震えていると、レイヴィンはミュリエルの中から指を引き抜き、蜜にまみれた手に舌を這わせながら笑った。

「昨夜に続いて、また気持ちのいいことを覚えましたね、ミュリエル」

「レイヴィン……」

のろのろと目を開けたミュリエルは、レイヴィンの青い瞳が熱を帯びてキラキラと輝いていることに気づいた。

——レイヴィンも、興奮しているの……？

彼を昂らせたのが自分であるならば、これほど嬉しいことはない。

「もう一つ。今夜は別の悦びを教えましょう。あなたがあまりに淫らでイヤらしいので、私も我慢できなくなりました。さっきは私がミュリエルを助けたので、今度はあなたが私を助けてください」

「助ける……？」

頭がぼんやりとして働かないが、レイヴィンの言うことに間違いはないだろう。

「私なんかでいいのなら……」

目を伏せ、はにかみながら答えたミュリエルは、レイヴィンが口角をあげたことに気づかなかった。

「では、ミュリエル。ベッドの上で四つん這いになっていただけますか？」

「四つん這い？　こうかしら？」

レイヴィンが何を望んでいるのか皆目見当がつかなかったが、ミュリエルは言われたとおりベッドの上で両手と両膝をついて四つん這いになる。

閨事に無知なミュリエルは、その体勢が愛し合う時にも使われる体位であることを知らなかった。

レイヴィンはミュリエルの腰を摑むと、トラウザーズの前をくつろがせて、猛ったものを取り出す。昨夜に劣らないほど興奮した怒張が露わになったが、幸い、前を向いているミュリエルがそれを見ることはなかった。

「レイヴィン？　何を……？」

ミュリエルが戸惑ったように尋ねる。突然夜着をまくりあげられ、白い双丘と何も纏っていない秘部をむき出しにされたからだ。

「大丈夫です。三本の指が入っても、私のものを受け入れるのはまだ無理だと分かっているので、別の方法で楽しみましょう。これなら私もミュリエルも同時に満足できるはず」

言うなり、レイヴィンはミュリエルの両脚の付け根に添わせるように己の肉茎を差し込んだ。

「レ、レイヴィン!?」

「足を閉じてください、ミュリエル。大丈夫、入れるわけではありません。こうすれば痛みもなく、二人で気持ちよくなれます」

「あ、脚を、閉じればいいの？」

わけが分からないまま、ミュリエルは指示どおりに太ももをぴったりと閉じる。すると股の間にレイヴィンの怒張を挟む形になった。レイヴィンは、そのままゆっくりと腰を動かしていく。

「あ？　何？　何な……あっ、あっ……」

両脚の付け根を、蜜と潤滑剤にまみれた太い楔に擦り上げられ、ミュリエルの唇から甘い声があがる。

「あっ、んっ……」

ミュリエルの白い双丘にレイヴィンの腰が打ち付けられるたびに、蜜口と花弁、それに花芯が刺激されて、えも言われぬ快感を生みだしていた。

ぬちゃぬちゃというイヤらしい音と、衣擦れの音、それにミュリエルの喘ぎ声が寝室に響き渡る。

ミュリエルはようやく、自分の股が膣代わりにされていることに気づいたが、望んでいることとは違っても、覚えたての快楽に逆らえるはずもない。それに、自分の身体でレイヴィンが悦びを覚えていることに優越感を抱いていた。

――きっとこんなレイヴィンは、お姉様も、皆も知らない。私だけのもの。

知らず知らずのうちに太ももに力が入り、レイヴィンの楔を締めつける。先ほどより強くなる摩擦による刺激に、ミュリエルの背筋が震えた。

「レイヴィン、ああ、レイヴィン……！」

「ミュリエル……！」

打ち付ける腰の動きが速くなる。ミュリエルはしっかりと脚を閉じて、レイヴィンの動きと、太さを増す怒張を受け止めた。

やがてズンと強く腰を押しつけられ、ミュリエルは脚の間で膨らんだものが弾けるのを感じた。

「くっ……」

「あ、ああっ！」

レイヴィンの楔の先端から熱い飛沫《ひまつ》が放たれる。

何かが自分の夜着と太ももを汚し、伝い落ちていくのをミュリエルは感じた。と同時に軽い絶頂に達し、甘い嬌声を響かせた。

「あああっ！」

自分を支えられなくなって、ミュリエルは腰を高くあげたままベッドに顔を伏せる。レイヴィンの放った雄の匂いが、鼻腔をくすぐる。

「あ……はぁ……」

決していい香りとは言えないのに、ミュリエルは頭の芯が痺れていくのを感じていた。

＊＊＊

ミュリエルは、レイヴィンと騎士たちに守られ、優しい使用人に囲まれて、穏やかな日々を過ごしていた。

侯爵邸ではミュリエルをあざ笑うものはいない。彼女が他の兄姉《けいし》よりも劣っていることをあげつらう者もいない。

ミュリエルは屋敷の中でも外でも安心して髪と瞳を晒すことができた。おかげで結婚以来一度もベールを被らずにすんでいる。

人目を気にしないですむ生活は、ミュリエルに彼女本来の明るさを取り戻させていった。

末子として生まれ、家族に愛情を注がれて育ったミュリエルは、元来は明るく無邪気で元気な子どもだった。それが成長するにつれ、自分の置かれた状況に気づき、人目を気にするようになり、どんどん萎縮《いしゅく》して快活さが失われていった。

時折、昔の片鱗をのぞかせるものの、長ずるにつれてミュリエルはすっかり大人しい引きこもりの娘になり、声を上げて笑うことも少なくなってしまったのだ。

ところが、侯爵邸では笑うことが増えた。部屋に閉じこもることもなくなり、積極的に出て使用人たちと交流している。

相変わらず外見は実際の年齢よりも幼く見えるが、ミュリエルをよく見知った者が彼女の内面の変化に気づかないはずがない。

「幸せそうで安心したわ、ミュリエル」

この日、侯爵邸にはミュリエルの姉であり、公爵夫人のアンネリースが訪れていた。

レイヴィンはミュリエルの負担を考えて、結婚以来、社交も来客もすべて断っていたのだが、アンネリースは別だ。ミュリエルを傷つけることはないと分かっているし、これから侯爵夫人として社交界でうまくやっていくための手本として、アンネリースほど適している女性はいない。

「はい。お姉様も今日はわざわざいらしてくださってありがとうございます」

ミュリエルは姉に明るい笑顔を見せた。

「もう一年以上会っていないけれど、甥っ子たちは元気にしていますか、お姉様？」

四年ほど前に、アンネリースは公爵家の跡継ぎを産み、その一年後に二人目を産んだ。

「元気よ。男の子二人だから元気いっぱい過ぎて屋敷の者が振り回されているけれど。ミュリエルも落ち着いたら遊びにきてちょうだい」

「はい、ぜひ」

ひとしきり自分たちの近況を語り合ったのち、ミュリエルは意を決してアンネリースに相談を持ちかけた。

「あの、お姉様。相談があるのです。その……夜のことについて。アンネリースお姉様の旦那様……公爵様も、とても体格のよい方だから……」

頬を染めてミュリエルはたどたどしく言葉を紡ぐ。

ミュリエルの昼の生活は順調だが、夜の生活はといえばそうでもなかった。

あれから毎晩のように、レイヴィンはミュリエルに触れるが、彼女はまだ純潔を保っていた。

潤滑剤を使って散々解《ほぐ》せば、何とか先端まで入れられるようになったものの、それ以上進めないでいた。

原因はレイヴィンのモノが大きすぎることと、ミュリエルが最初の時に味わった激痛を思い出し、せっかく解しても、挿れる段階になると身体が硬くなってしまうせいだ。

ミュリエルを傷つけずに挿入するのは不可能に思えた。それならそれで無理やり奪ってくれてもいいのだが、レイヴィンはミュリエルを傷つけるのをよしとしない。

レイヴィンの欲望を疑似的に受け止めることで、互いの欲情を毎晩慰めているが、ミュリエルはそれ以上を望んでいた。

――一刻も早くレイヴィンの本当の妻になりたい。

けれど、これ以上どうしたらいいのか悩んでいたところに、アンネリースの訪問だ。

ミュリエルはレイヴィン以上に大柄で熊のように筋肉質な義兄の姿を思い出し、これだと思った。相談するのにアンネリース以上の相手がいるだろうか。

きっとアンネリースも、最初は公爵との交わりが大変だったに違いない。それを克服して二子に恵まれているのだから、参考にしない手はない。

恥ずかしそうに悩みを打ち明けたミュリエルに、アンネリースはあっさり言った。

「秘訣などないわよ。『王家の秘薬』があれば問題ないじゃないの。あれなら、いくらレイヴィンが立派なものを持っていて、あなたの膣が小さくても問題なく性交できるでしょう？」

「え？　王家の秘薬？」

聞き慣れない言葉にミュリエルは目を丸くする。その様子を見てアンネリースは眉を寄せた。

「もしかして、ミュリエルは王家の秘薬を貰ってもいないし、聞かされてもいないの？　変ね、王族の女性が嫁ぐ時は必ず渡されると聞いていたのに……」

「し、知りません。お姉様、それは何ですか？」

ミュリエルは身を乗り出した。

「弛緩剤や痛み止め、催淫剤が含まれている薬よ。何でもその昔、ハルフォーク帝国の王族が私たちの先祖――当時のグレーフェン公爵に嫁ぐ時に持参した薬が元になっているらしいわ。ハルフォーク帝国の王族は小柄で知られていたから、身体の大きな男性と問題なく性交できるようにと作られたものだったみたい。その薬を研究して発展させたのが、王家の秘薬と呼ばれるものよ。ハルフォーク王族の血が混じった後の私たちの祖先は、小柄な女性が多かったそうだから、必需品だったのね」

時が経って平均的な体格の女性が生まれるようになった後も、王族では他家へ嫁ぐ娘に秘薬を渡すのが慣習になっているのだという。

「なぜ私はその薬のことを知らないの？　私こそ必要なものなのに！」

ミュリエルは思わず叫んでいた。

秘薬があれば、初夜の段階でレイヴィンと結ばれることができたのだ。

アンネリースは朗らかに笑った。

「まぁ、だいたい誰の仕業か予想がつくわ。お父様よ。お父様、ミュリエルはお嫁に出さずにずっと自分のもとに残しておくつもりだったから。結局、お嫁に出すことになったけれど、レイヴィンに渡すのが悔しくて秘薬を渡さなかったんじゃないかしら。渡さなければあなたは清いままでいられるんじゃないかと。まぁ、要するに嫌がらせね」

「なっ……」

ミュリエルは絶句した。信じがたいことだが、ミュリエルを溺愛している父王ならやりかねない。なにせ、結婚式を挙げる娘に「レイヴィンが嫌になったら戻ってこい」などと、レイヴィン本人がいる場で言う父なのだから。

「もう、お父様ったら……！」

怒り心頭のミュリエルだったが、王家の秘薬に一縷《いちる》の望みを見いだしていた。

それを手に入れれば、レイヴィンの本当の妻になれるのだ。

＊＊＊

訓練を終えたレイヴィンは、書類仕事をするために騎士団の宿舎内にある執務室へと向かっていた。颯爽《さっそう》とした足取りで廊下を歩く彼に、疲労の影は見当たらない。たとえ稽古をつけた者たちの足腰が立たず、現在も訓練所の床で伸びていようと、レイヴィンにあるのは運動をした後の心地よい爽快感だけだった。

——あれくらいの訓練で音をあげるとは、最近の新人は体力がなさすぎるな。

代々騎士を輩出している家に生まれ、幼い頃から騎士になるために訓練を重ねてきた自分の体力が並ではないことに、レイヴィンは気づいていなかった。機嫌がよすぎて、訓練に身が入りすぎていることも。

『機嫌の悪い副総長は最悪だが、機嫌のいい副総長は凶悪だ』

他の騎士たちからそんなふうに密かに恐れられていることをレイヴィンは知らない。

このところ、レイヴィンの機嫌はすこぶるよかった。

色々懸念もあるが、妻となったミュリエルとの仲も良好だ。まだ完全に結ばれてはいないので、満足しているとは言い難《がた》いが、彼なりの方法で発散しているので問題ない。それに何より、ミュリエルの無垢な身体を開発し、淫猥に染め上げることがレイヴィンには楽しくて仕方なかった。

純潔を保ったまま、レイヴィンの腕の中で淫らに声をあげて、小さな身体を震わせるミュリエル。清らかなものを清らかなまま汚していくことに、レイヴィンは自分でも意外に思うほど悦びを感じていた。

そう遠くないうちにミュリエルを完全に自分のものにすると決めているものの、それほどレイヴィンが急いでいないのは、もうしばらくその倒錯《とうさく》した悦びを味わいたいがためであった。

――可愛い王女《ミュリエル》。こんな私に捕まって気の毒に。

本来ならば、レイヴィンのような男こそ一番に警戒し、ミュリエルに近づけないようにしなくてはならなかったのだろう。けれど、もう遅い。彼はミュリエルを手放すつもりはまったくなかった。

「機嫌がよさそうだね。それは結構だが、原因がミュリエルとイチャイチャしているせいだと思うと僕は非常にムカつく」

突然後ろから声をかけられ、レイヴィンは足を止めた。聞き慣れた声に振り返ると、そこには王太子アリストの姿があった。

人好きのする笑みを浮かべてはいるものの、どうやらアリストの機嫌はレイヴィンとは反対に非常に悪いようだった。

笑顔に隠された相手の心境をすばやく読み取ったレイヴィンだが、彼はそれを綺麗さっぱり無視して微笑む。

「おや、アリスト殿下。公務は終わったのですか？」

「終わったとも。だから副総長の仕事ぶりを見に宿舎にやってきたわけだよ」

「そうですか。ではよく見て行ってください、総長」

二人してにこにこ笑いながら言い合う。いつもならその状態のまま舌戦《ぜっせん》が始まるのだが、今回はレイヴィンが早々に引き下がった。忙しいアリストがわざわざ騎士団の宿舎まで来るのは、何か緊急の用件があるからに違いない。

「……ひとまず私の執務室へ行きましょう。お話はそこで」

「ああ」

執務室へ入ると、レイヴィンはアリストが口を開く前に尋ねた。

「デュランドルの皇太子に何か動きでもありましたか？」

「いや、精力的に他国の外交官と会ったりしているようだが、今のところ怪しい動きはない。……ボルシュ自身にはね」

含みを持ったアリストの言葉にレイヴィンは眉を上げた。

「皇太子以外に怪しい動きがあるということですね」

「そう。ボルシュ自身に怪しい動きはないが、代わりに従者が色々嗅ぎ回っているようだ。皇太子には護衛と称して騎士をはりつかせることができても、従者に騎士をつけるわけにはいかないからね。見張らせているが、なかなか動きを制限することができないでいる」

アリストは言葉を切ると、小さくため息をついた。

「デュランドルの狙いは分かっている。そして向こうも僕らが彼らの狙いが分かっていることを知っている。今は互いの裏をかこうとして腹を探り合っている状況だ。付け入る隙を作るわけにはいかない」

「……何か問題がありましたか？」

レイヴィンは慎重に尋ねた。デュランドル側の従者の動きを忠告するためなら、わざわざ騎士団の宿舎まで来なくとも、定期報告の場でよかったはずだ。

アリストの口ぶりは他に重要な懸念があると言外に告げていた。

「ああ。侍従長や宰相たちから報告があったんだが、ボルシュが城に滞在しているこの時期だと非常に厄介な噂が流れているそうだ。第五王女ミュリエルとブラーシュ侯爵の結婚は名ばかりで、二人に夫婦関係はなく、白い結婚だという噂がな」

思いもよらない話にレイヴィンは目を見張った。

「……なんですって？　一体誰がどこからそんな話を？」

ところが、どこからその噂が流れたのかはアリストにもよく分からないらしい。

「噂の出どころを探ってみたんだけど、今のところ不明だ。城の中だけでなく、貴族たちにも噂が広がりつつある。このままだとデュランドル側の耳に入るのも時間の問題だ」

「屋敷を守っている騎士も、うちの使用人も口が堅い者ばかりだ。簡単に漏らすとは思えないが……」

眉を寄せながらレイヴィンは呟く。その言葉を拾ってアリストは肩を竦めた。

「人の口に戸は立てられないよ、レイヴィン。でも、僕は騎士たちや屋敷の使用人たちから漏れたのではなく、単なる憶測から真実のように広がった話ではないかと思っている。何しろ急な結婚だったからね。先々代の女王の時に起きた騒動のことを知っていれば、デュランドル皇国が出てきたことに君たちの結婚が関係していると推測するのは容易《たやす》い」

「だからと言って白い結婚とは……」

「式や披露宴に出席した貴族たちはベール越しとはいえミュリエルを見ているからね。小柄だし、君とは体格差もあるから子どものように見えたんじゃないか？　高潔なブラーシュ侯爵が子どもに手を出すわけがないと彼らは考えたに違いない。で、白い結婚だと。まぁ、あながち彼らの推測も間違っていないな。高潔云々はともかく、実際、まだミュリエルは処女だろう？」

にやにやと笑いながら、アリストはレイヴィンに尋ねる。

ムッとしたレイヴィンはわざとらしく言った。

「ええ。純潔ですとも。潤滑剤を使って私のものを一生懸命受け入れようと努力してくださっていますし、毎晩私の腕の中で淫らに啼《な》いてくれますけどね」

とたんにアリストは両手で耳を塞いだ。

「そういうことを言うのはやめてくれないかなっ！　君の首を絞めたくなるし、父上にミュリエルと君の結婚を勧めたことを心底後悔したくなるから！　ああ、僕の可愛いミュリエルが汚い大人に穢されていく……！」

「私とミュリエルは神の前で誓った正真正銘の夫婦です。今は物理的に契《ちぎ》るのが困難というだけで、白い結婚になどするつもりはありませんから。それは他ならぬあなたが一番分かっているでしょう？」

「分かっているよっ、君が当時十二歳の子どもを嫁に欲しがるような変態だということもね！」

「失礼ですね。十二歳の子どもを嫁に欲しがったのではなく、成人したらと申し上げたではないですか」

「どっちにしろ同じことだろうが！」

アリストは叫んだが、ミュリエルはもうすでにレイヴィンに降嫁したのだから、今さらな話だと悟ったらしい。はぁ、と大きなため息をつく。

「はぁ。あの子と国のためとはいえ、僕も後押ししたわけだしな……」

ボソボソと呟きながら手を下ろすと、アリストはやや落ち着いた口調で続けた。

「とにかく、このまま噂がデュランドル側の耳に入れば厄介なことになる。白い結婚であることを理由に、ミュリエルの結婚の無効を訴えて、自分によこせと言い出すかもしれない」

「ボルシュ殿下の婚約者はエルヴィーネ殿下ですよ。そう簡単に結婚相手を替えられるとは思えませんが……」

「もともとミュリエルに来ていた縁談だ。それを我々が、ミュリエルには決まった相手がいるから代わりにエルヴィーネならと言って突っぱねた。そのミュリエルの結婚が偽装されたものなら、自分たちによこせと連中は平気で言うだろうな。それは非常に困るんだ。だからそうさせないために、不本意ながら君に協力してあげよう」

言うなり、アリストはレイヴィンの首に腕を回して引き寄せると、耳元で言った。

「父上の嫌がらせを見て見ぬふりをしてきたけど、我が王家には女性が嫁ぐ時に必ず渡す薬があるんだよ」

＊＊＊

その日の夜、いつもより遅い時間に屋敷に戻ってきたレイヴィンに、ミュリエルは城へ行ってもいいかと尋ねた。

「城へですか？」

「はい。私たちが結婚してそろそろ半月が経つでしょう？　アンネリースお姉様と話をしていたら、急にお母様たちにも会いたくなってしまって」

　家族に会いたいという気持ちももちろんあったが、これは方便に過ぎない。

　どうやったら王家の秘薬を手に入れられるか。悩んだ末に思いついたのが、家族の誰かに自分の代わりに手に入れてもらうことだった。

　アンネリースの話によれば、王家の秘薬はどこかに保管されているものではないらしい。代々続く王族専門の薬師が王族の要請でその都度調合しているという話だ。アンネリースも、結婚後しばらくの間は依頼して公爵家まで薬を届けてもらっていたという。

　嫁《か》したとはいえ、ミュリエルも王族だった身だ。薬師に頼めば調合してもらえるかもしれないが、父王がミュリエルに薬を渡さないと決めているのなら、薬師から直接得ることはおそらく難しいだろう。

　残る手は協力してもらえそうな家族の誰かに頼んで調合してもらう方法だ。だが、手紙だと誰かに見られる可能性もあるので、直接会って頼む必要があった。

　ミュリエルの思惑を知らないレイヴィンは、二つ返事で城行きを許可した。

「もちろん城へ行くのは構いません。陛下たちもミュリエルのお顔を見れば安心されるでしょう。ただ、明日すぐにというわけにもいきませんので、数日お待ちください。陛下たちのご予定もありますから」

「もちろんよ」

家族といえど王族であるミュリエルたちは、好きな時間に会えるというわけではない。公務があり、ミュリエルを除けば皆責任ある立場だったため、なかなか会えなかった。同じ城内に住んでいた時もそうだったのだから、嫁して城の外にいる今はもっと色々な手順を踏まないといけないのは当然だ。

結局、ミュリエルが城に行く許可が下りたのは、それから三日後のことだった。そこからさらに二日ほど経て、ミュリエルは結婚してから初めて外出した。

馬車に乗り、騎士たちに守られながら、ミュリエルはモナと一緒に城へ向かう。

「このベールも久しぶりね」

頭と顔を覆う薄い水色のベールを摘まんで、ミュリエルは感慨深げに呟く。結婚してから半月間、ミュリエルは一度もベールを被らなかった。屋敷の中はもちろん、庭に出る時も髪と瞳を隠す必要はなかった。

だが、城の中はそういうわけにはいかない。

──私はいつまでベールを被らないといけないのかしら？

ベールをしろとは言われていたが、それがいつまで続くのかは、誰も教えてくれなかった。ミュリエルも尋ねたことがない。

──きっと一生、死ぬまで人前に出る時にはベールを被らなければいけないんだわ。

ベールを被った姿で肖像画が描かれていた先々代の女王も、おそらくそうだったに違いない。

「それにしても、アンネリース様から贈られたご本には驚きましたねぇ」

モナがしみじみとした口調で言った。

「そうね。びっくりしたわ」

頷きながらミュリエルも同意した。

今朝、レイヴィンを見送った後、城に行く支度をしていたミュリエル宛てに、姉のアンネリースから贈り物が届いたのだ。

何かと思って包みを開けたら、それは『淑女の嗜《たしな》み～殿方を喜ばす十の方法～』という題名の本だった。アンネリースによれば、その本は貴族の既婚女性の間で密かに流行っているらしい。

『ただ殿方に身を任せるだけでは夫婦生活はうまくいかないものなのよ。女性も積極的にならないといけないわ。これを読んで勉強して、秘薬が手に入ったら実践するのよ』

そんな手紙が添えられていた本をパラパラめくってみたミュリエルは、書かれていた内容にぎょっと目を剝いた。横にいたモナも同様だ。

アンネリースが送ってきたのは、夜の夫婦生活において妻が夫を喜ばすにはどうすればよいかが書かれた教本だったのだ。

挿絵まであって、その内容と生々しさにミュリエルとモナはあんぐりと口を開けてしまった。

「あんな方法があるだなんて、夫婦の契りとは奥が深いのね……まさか胸で殿方のものを挟むだなんて……」

ミュリエルはつい自分の胸を見下ろす。ドレスを押し上げる胸は大きくもないし小さくもないが、どう考えてもレイヴィンの一物を包み込むには十分ではない。

――エルヴィーネお姉様の豊かに張り出した胸なら、レイヴィンを喜ばせることができるでしょうに。

そこまで考えて、ミュリエルは頭を振った。

――もう、お姉様と自分をいちいち比較するのはやめなければ。だってレイヴィンの妻はお姉様じゃない。私なのだから。

「モナ。私、アンネリースお姉様からいただいた本を読んでレイヴィンを満足させられるように頑張るわ。胸がだめでも、口や舌を使う方法もあったようだし、それなら私にもできそうじゃない？」

モナは大きく頷いてミュリエルを励ました。

「あの本の内容はいささか過激すぎて非常に不安を覚えますが、その意気です、姫様！レイヴィン様を押して押して押しまくりましょう！」

父王やアリストが聞いたら卒倒するような会話だったが、あいにくと馬車の中には、正すことのできる人間はいなかった。

「まぁ、ミュリエル！　よく来たわね」

城に到着したミュリエルは、まずはじめに王妃のもとを訪問した。王妃はミュリエルを喜んで迎え、ぎゅっと抱きしめる。

「顔色もいいし、明るい表情をしているわ。幸せなのね、ミュリエル」

「はい、お母様。レイヴィンはとてもよくしてくださっています。屋敷の皆も」

「レイヴィンからは報告を受けていたけれど、実際に幸せそうなあなたを見て安心したわ。傍にいないのは寂しいけれど、あなたが幸せなら私はそれで満足よ」

「お母様……」

ミュリエルは母親の愛情を感じてしんみりしながら、一方で困ったと思っていた。

母に王家の秘薬のことを頼もうと考えていたのだが、言い出せる雰囲気ではない。王妃の傍には常に大勢の侍女や女官が控えているし、それに何よりミュリエル自身も、母に自分たちの夜の生活について語るのは抵抗があった。

──アンネリースお姉様には言えたのに……。

母親相手だと、どうしても恥ずかしさが先に立ってしまう。

結局、ミュリエルは王妃に頼むのを断念した。

──仕方ないわ。お母様ではなく、エルヴィーネお姉様に頼もう。

実を言えば、エルヴィーネに頼むのは母親以上に抵抗がある。もしエルヴィーネがレイヴィンのことを好きだった場合、ミュリエルはとんでもなくひどい仕打ちを姉にしてしまうことになるのだ。

――考え過ぎかもしれないけれど……。

ミュリエルは、エルヴィーネがレイヴィンに特別な思いを抱いているという考えがどうしても拭えなかった。笑顔で祝福されても、心のどこかで疑ってしまうのだ。

できればエルヴィーネには詳しい事情を知らせないままにしたい。しかし薬は手に入れなければならない。

父王とアリストは論外だ。ミュリエルに薬のことをわざと知らせなかった父王に頼めば妨害される可能性の方が高いし、アリストはおそらく父王の企みに一枚噛んでいるだろう。少なくとも黙認しているのは確かだ。

――……とにかく、婚約しているエルヴィーネお姉様にも王家の秘薬のことが知らされているか確認しましょう。話はそれからだわ。

もしエルヴィーネにも頼めなかった場合は、アンネリースに仲介を頼むしかないだろう。

母の部屋を退出しながら、ミュリエルはそんなことを考えていた。

「少し早いけれど、エルヴィーネお姉様の部屋へ行くわ」

ミュリエルは廊下を歩きながら、モナと、護衛として付き添ってくれている騎士のカストルとディケンの二人に告げる。

本来は国王の執務室に顔を出してからエルヴィーネの部屋に向かう予定だったのだが、この際父王は後まわしで構わないだろう。父王に会ったらミュリエルは秘薬のことを問い詰めるか怒りの言葉しか出てこないに違いない。

「この時間、お姉様の公務はないそうだから、たぶんお部屋にいらっしゃると思うの」

エルヴィーネも公務に忙しい身だ。最近は特に婚約者であるボルシュの案内役として各国の使者との会談にも付き添っているとのことだった。今回のミュリエルの里帰りでもスケジュールを合わせるのに一番苦労したのがエルヴィーネだったという。

今日は、妹のためにこの時間の公務を取りやめてまでミュリエルが訪れるのを待っている。

「一応、先触れを出しますか？」

ディケンが尋ねてくる。ミュリエルは少し考えて首を横に振った。

「私がもう城に来ていることは報告がいっていると思うわ。わざわざ先触れを出すこともないでしょう。直接、お姉様の部屋に行きましょう」

この時ディケンに先触れとして一足先に行ってもらっていたら。もしくは予定どおりに父王の執務室へ先に寄っていたら……。

ミュリエルは、後にそんなことを考えるはめになる。

「ここからお姉様の部屋に行くのだったら、回廊を通った方が早いわね」

ミュリエルは回廊の方へ足を向けた。母の部屋からエルヴィーネの部屋のある棟へ行くには、建物の端にある回廊を使った方が早いのだ。

それに、回廊に挟まれたその小さな中庭は、かつて茂みに隠れたミュリエルがレイヴィンによって見つけられた思い出の場所だった。

だが、口元を綻ばせながら回廊に差しかかったミュリエルは、不意に足を止めた。

小さな中庭には低木の茂みの他に、高さのある木も何本か植えられている。その木と木の間に人影があった。ミュリエルたちがいる場所から庭を挟んだ向こう側の位置だ。

「あれは……？」

モナやディケンたちも人影に気づいて足を止めた。

人影は一つではなく二つあった。目を凝らして見るまでもなく、そこにいたのはミュリエルがよく知る二人だった。

――エルヴィーネお姉様と……レイヴィン……？

エルヴィーネとレイヴィンが向かい合って談笑していた。

――あんなところで何を……？

嫌な予感に、ミュリエルの心臓がドクンドクンと脈打つ。

角度のせいか、それとも話に夢中なのか、二人はミュリエルたちの姿には気づいていなかった。

会話は聞こえてこない。けれど、エルヴィーネもレイヴィンも笑みを浮かべて何か話しているのは分かった。それはいつか遠い昔に見た光景をミュリエルに思い出させた。

――エルヴィーネお姉様が楽しそうに笑い、レイヴィンも笑って言葉を返す。

そんな光景だった。ミュリエルは確かそれを窓の内側から眺めていた。決して手の届か

ない二人。

息をするのも忘れてミュリエルは二人の姿に見入る。

「あ……」

唇から声にならない吐息が零れた。

人一人分の距離を置いて向かい合っていた二人の姿が徐々に近づいていく。エルヴィーネが手を伸ばし、レイヴィンの制服に包まれた胸に触れて——。

これ以上見ていられなくて、ミュリエルは踵を返した。

「……姫様……」

モナがミュリエルに追いつき、何かを言いかける。けれどそれ以上は言葉にならないようだ。モナは何も言わずにミュリエルの頭にそっとベールを被せた。視界が覆われて、ミュリエルは少しだけホッとした。

モナに少し遅れてカストルとディケンの二人が追いつき、彼女を守るように寄り添う。言葉はない。今はその無言がミュリエルにとってはありがたかった。

——……今、私はどんな顔をしているのかしら……?

泣きそうになっている顔？　惨めな顔？

自分がどういう表情をしているのか、ミュリエルにも分からない。やはりという思いと、諦めと、悲しみに胸が塞がれて何も考えられなかった。

今は、ここから逃げ出したい。

ミュリエルはただひたすら主居館の出口に向かって歩き続けた。

＊＊＊

逃げ出したミュリエルは知らない。

回廊から背を向けて去っていく彼女の後ろ姿を、黒い瞳がじっと追いかけていたことを。

「いやはや、従者と入れ替わって見に来た甲斐《かい》があったというものだ」

回廊へと続く廊下の柱の影から、一人の男が姿を現す。男は笑顔で向き合っているエルヴィーネとレイヴィンにちらりと目を向け、それからミュリエルが消えた方角に視線を向ける。

その顔には笑みが浮かんでいた。

「エルヴィーネ王女とレイヴィン・ブラーシュ侯爵。なるほどね。火のないところに煙は立たないということか」

そう呟いたのは、いつもの豪華な礼服ではなく、従者用の質素な服を身に纏ったボルシュだった。

ボルシュはミュリエルが城に来ると聞いて、会談を早めに切り上げた。そして監視の目をごまかすために、従者と自分の服をとりかえてこっそり出てきたのだ。

そしてちょうど王妃の部屋から出てきたミュリエルを見つけた。

「なんという見事な『ハルフォークの青銀』。彼女こそ我がデュランドル皇国に、そして私の花嫁に相応しい女性だ！　……ああ、そうだ。なんとしても手に入れなくては」

薄い唇が弧を描く。

「どうやら、こちらに運が向いてきたようだな。これを利用しない手はない」

小さく呟くと、ボルシュは柱の陰に消えていった。

# 第五章　陰謀の影

気がつくと、ミュリエルは馬車に乗っていた。どうやらあのまま城を出てしまったらしい。

「……お父様にもお姉様にもお兄様にもご挨拶しないで、とんだ不作法者《ぶさほう》だと思われたかもしれないわね」

ポツリと呟くと、隣に座っていたモナが首を横に振った。

「大丈夫です。ディケンに『姫様は具合が悪くなってしまったので、今日はこのまま屋敷に帰ります。また日を改めて伺わせていただきます』と王族の皆様に伝えるように頼みましたから」

「……ありがとう。ごめんなさいね、至らない主で……」

ミュリエルは後先見ずに城を飛び出してしまった。本来彼女が配慮して指示しなければならないことを、代わりにモナにさせてしまったのだ。

——どうして私はこうなのかしら。いつまで経っても一人前になれなくて。レイヴィンが私ではなくてお姉様に惹かれるのも当然だわ。

涙を堪えるようにぎゅっと唇を噛みしめていると、モナがミュリエルの手を取った。

「姫様、私、何かの間違いだと思うのです。あんなに真面目で姫様を大切になさっている方が姫様を裏切るわけがありません」

――ああ、どんなにその言葉を信じたいか……！

「……でもあなたも皆も見たでしょう？」

「それは……」

自分だけなら夢や幻だと思い、心をごまかすこともできたかもしれない。このままずっとレイヴィンの妻として、優しい夢に浸っていられたかもしれない。けれど、ミュリエルの傍にいた者全員が見てしまった。誰の記憶からも消し去ることはできない。ミュリエル自身の心からも。

「私は……どうしたらいいのかしら……」

「姫様……」

もし、レイヴィンがエルヴィーネを愛しているのなら、自分は――。

カタンと音がして馬車が停まった。モナが窓の外を覗き込む。

「ブラーシュ侯爵邸についたようですね」

「……そう。王都内にあるからあっという間ね……」

ブラーシュ侯爵邸はレイヴィンの家だ。そして今は彼の妻であるミュリエルの家でもある。降嫁した今、ミュリエルが帰る場所はここしかないが、彼女は屋敷に戻ることに躊躇いを覚えていた。

――ここは本当に私の家なの？　帰っていい場所なの？　私はレイヴィンの名ばかりの妻でしかないのに……。彼の心の中には別の人が住んでいるのに……。

この屋敷で過ごした半月間のことが思い出されて、涙が出そうになる。けれど、泣くわけにはいかない。屋敷の者が変に思うし、モナや騎士のカストルたちだって心配する。

ミュリエルは締めつけられるような胸の痛みを覚えながら、ぐっと奥歯に力を込めた。ところが、馬車から降りるミュリエルに手を貸しながらカストルが発した言葉に、またしても涙腺が緩みそうになった。

「殿下。副総長を信じてあげてください。二人が中庭で会っていたのはおそらく色恋沙汰ではなく、何か別の理由があるのだと思います」

「別の、理由？」

「それが何であるのかは副総長に聞くしかありません。ですが、私は、殿下のことを大切になさっている副総長とエルヴィーネ殿下が、殿下を傷つけるようなことをするとは思えません。それに、もしやましい関係にあるのなら、わざわざ殿下が城に来ていると分かっている時に会う必要はないでしょう？　違いますか？」

確かにそうだ。もし二人がやましい関係であるなら、ミュリエルが近くにいる時だけは避けるだろう。わざわざこの時を狙わなくてもいつだって会えるのだから。ましてやエルヴィーネは、あの後ミュリエルが自分に会いに部屋に来る予定だということを知っている。

「では、二人が隠れて会っていたのは、逢い引きではない？」

「少なくとも逢い引きではないと思います。だから、安心してください、殿下」

「……ありがとう、カストル」

礼を言いながらも、ミュリエルの目からポロリと涙が零れ落ちる。

「え？　で、殿下？」

「姫様、どうなされたのです？」

カストルとモナが涙を見て慌てる。ミュリエルは涙を拭うと自嘲めいた笑みを浮かべた。

「ごめんなさい。ちょっと安堵したのと、自分が情けなくて……。こんなことで動揺して、あなたたちを心配させて、お姉様やレイヴィンを疑ってしまって」

「無理もありませんわ。夫が別の女性と二人きりで会っているところを見て動揺しない女性などおりません。何か理由があるにしろ、疑われる行動をするレイヴィン様が悪いのです」

「そうですね、確かに副総長が悪い」

カストルは苦笑いを浮かべると、優しくミュリエルを促した。

「ひとまず屋敷に入りましょう。予定より早く戻ってきたことを、きっとこの扉の向こうで皆が心配していると思いますよ」

「そうね。……ありがとう、モナ、カストル」

建物に入ると、案の定、執事長のコナーをはじめ、心配そうな表情を浮かべた使用人たちに迎えられた。心の準備をしていたミュリエルは、落ち着いた様子で説明する。

「久しぶりの城で緊張したのか、具合が悪くなって、それで途中で切り上げて戻ってきてしまったのよ。……でも、今はもう大丈夫。心配かけてごめんなさい。今日は大人しく部屋で休んでいるわ」

もちろん本当のことは言えないので、理由は適当だ。ただ、城でも同じ言い訳を使っているので、心配したミュリエルの両親が万が一使者を送ってきても、不自然ではないだろう。

家政婦長のフリーデに追い立てられるようにモナと部屋に戻ったミュリエルは、外出用のドレスから普段着に着替えて一息ついていた。

――レイヴィンに会ったらどんな顔をすればいいのかしら？

モナやカストルの言うように、レイヴィンを信じたいが、心のどこかではまだ信じ切れていない部分がある。

できればこのままずっとレイヴィンと結婚生活を続けたい。それには、今日見たことは口にしない方がいいのかもしれないと思う。

けれどこんな気持ちのまま、やっていけるのだろうか？

結局、どんな態度を取るかを決める前に、ミュリエルはレイヴィンと顔を合わせることになった。まだ昼間だというのにレイヴィンが慌ただしく屋敷に戻ってきたからだ。

彼は着替えもせずにすぐさまミュリエルの部屋にやってきた。

「ミュリエル！　具合が悪くなったと聞きました」

レイヴィンはミュリエルの部屋に入ると、ソファに座る彼女のもとへ一目散に向かう。

「レ、レイヴィン、騎士団の仕事はどうしたのです？」

騎士の制服を身に着けたままのレイヴィンに、ミュリエルは慌てた。

──ま、まだ、心の準備が……！

「騎士団のことはアリストに頼んできました。ミュリエル、大丈夫ですか？」

ミュリエルの手を取って、レイヴィンは心配そうに彼女を見下ろす。

──責任感の強いこの人に仕事を放りださせてしまった。でも……そうまでして私を心配して追いかけてきてくれたのね。

罪悪感とともに、ほんの少しだけ優越感を覚えつつ、ミュリエルは首を横に振った。

「大丈夫。少し、緊張していただけだから」

──やっぱりこのまま、言わずに……。

そう思った矢先、モナがレイヴィンに鋭い視線を送りながら口を開いた。

「具合が悪くなったのはレイヴィン様のせいです。あんな光景を見せられて、姫様がどれだけ傷ついたか……！」

「モ、モナ……も、もういいの。いいのよ」

モナは義憤《ぎふん》にかられたのか、珍しくミュリエルの制止を振り切った。

「いいえ、姫様！　ここで目を背けたら姫様はずっと心の中で疑い続けるでしょう。そして、その疑念はいつかきっと姫様の心を壊してしまう。そうならないためにも、レイヴィン様にきちんと説明していただかないと！」

「モナ……」

「何のことだ？　モナ、構わないからはっきり言ってくれ」

モナとミュリエルの様子に面喰らいながらもレイヴィンは尋ねる。

「レイヴィン様が隠れてエルヴィーネ様と中庭で会っていたことです！　姫様だけでなく、私やディケンさんやカストルさんも目撃しています。レイヴィン様のことですから、姫様を裏切るような行為はしていないと思いますが、あれでは疑われても仕方ありません！」

「中庭……？　ああ、あれを見たのですね」

レイヴィンは納得したように頷く。その表情にはやましさも後ろめたさも一切なかった。

彼はミュリエルに向き直り、彼女の前に片膝をついて手の甲にキスを落とした。

「すみません、ミュリエル。言われてみれば確かに疑念を抱かれても仕方のない状況でした。やましいことなどなかったとこの剣に誓って言えますが、あなたを苦しませたこと、軽率だったことを心からお詫びします」

「レイヴィン……」

「ですが、私は決してあなたを裏切ったりはいたしません。過去もこの先も決して。それだけは信じてください」

真摯な眼差しと言葉に、ミュリエルはレイヴィンを信じられると思った。

「はい。レイヴィン。あなたを信じます」

「ありがとうございます、ミュリエル。そして、私がエルヴィーネ殿下と中庭にいた理由ですが……。これを人に見られないように受け取るためだったのです」

レイヴィンはミュリエルの手を放すとポケットからピンク色の液体が入ったガラス瓶を取り出し、彼女の手のひらにのせた。

「これは……？」

ミュリエルはガラス瓶をしげしげと眺める。彼女の手に収まるくらいの大きさの縦長のガラス瓶で、コルクで蓋がしてあった。

「これは、王家の秘薬です」

「王家の秘薬!?　これが!?」

驚いて、まじまじとレイヴィンを見つめる。レイヴィンは微笑んだ。

「そうです。ミュリエルも王家の秘薬のこと、ご存じだったのですね？」

「ついこの間、アンネリースお姉様に聞いて……」

「そうですか。私は先週アリストから教えてもらったのですが、手に入れようにも、アリストや王妃陛下に頼むと薬師からすぐに陛下のところに連絡がいって阻止されるでしょう。そこで、今城にいる王族の中で唯一王家の秘薬を頼んでも違和感のないエルヴィーネ殿下に頼んだのです」

「お姉様に？　お姉様も薬の存在をご存じだったのですか？」

「はい。婚約した時に聞かされ、実際、エルヴィーネ殿下には陛下から薬作成の許可が下りていたそうです」

「婚約した時に……」

どうやら本当に、父王はわざとミュリエルにだけ伝えなかったらしい。

「私とミュリエルにこそ必要だと思うのですが、まったく陛下は……」

やれやれとため息をついて、レイヴィンは続けた。

「私が使うと知れば陛下は必ず妨害なさるでしょう。ですから、薬の受け渡しも誰にも見られないところで行う必要があったのです」

なるほどと思う。それで二人は中庭で隠れて会っていたのか。

「あ……で、でもお姉様の手がレイヴィンの胸元に伸びていたのは、あれは……」

それだけではない。二人の影が重なるくらいに接近していたようにも思う。

「ああ、エルヴィーネ殿下が私の胸を突いたあげくに、拳で殴りつけた時のことですね」

「ん？」

——今なにか、突いたとか、拳で殴りつけたとか、お姉様には相応しくない言葉が聞こえたような……？

「エルヴィーネ殿下に笑顔で脅されました。『この薬はミュリエルが辛い目に遭わないために渡すものだから、あなたが薬を使って好き勝手するのは許さない』と」

「お姉様が？」

何度も瞬きをする。あの優しいエルヴィーネが誰かを突いたり、殴ったりするとは到底思えなかったし、脅すようなことを言うのも想像がつかなかった。

「あの方はミュリエルのこととなると目の色が変わるんです。アリストや両陛下、アンネリース様たちにもその気《け》はありましたけど、エルヴィーネ殿下が一番ひどいと思います」

「優しくて完璧な淑女のお姉様がまさかそんな……」

ミュリエルは首を横に振る。レイヴィンのことは信じているが、エルヴィーネの話については半信半疑だ。

「本当ですよ。ですが、それは今は置いておいて……」

レイヴィンはミュリエルの隣に腰を下ろすと、彼女の肩をそっと抱き寄せた。気がつくと、いつの間にかモナは姿を消していて、部屋には二人だけしかいなかった。

「ミュリエル。王家の秘薬はどうしますか？　使いますか？」

ミュリエルは驚いてレイヴィンを見上げる。

「レイヴィンは使うために薬を手に入れたのではなかったの？」

「保険のつもりで手に入れただけで、実際使うかどうかはミュリエルの気持ちに従うつもりです。どうしますか？」

「私……」

王家の秘薬を使えばミュリエルはきっと、名実ともにレイヴィンの妻になれる。結婚以来ずっとそれを望んでいた。だから王家の秘薬を手に入れようとわざわざ城にまで行くことにしたのだ。

　これは願ってもないチャンスのはず。それなのに、ミュリエルの中で何かが押しとどめる。

　もしかしたら、信じていると口では言いながら、ミュリエルはレイヴィンを信じ切れていないのかもしれない。だから、すべてを委ねることに踏ん切りがつかないのだろう。

「私……もうしばらくは薬を使わずに頑張りたい。薬は……最後の手段でいいと思うの」

「分かりました。ではそうしましょう」

　目を伏せて答えると、レイヴィンは頷く。せっかく苦労して手に入れた薬が無駄になるかもしれないのに、意外とあっさりしていた。

「い、いいの？」

「確かに、これを使えば簡単にあなたと繋がることができるかもしれませんが、正直、あまりお勧めしたくもなかったので」

　思いもよらないことを言われて、ミュリエルは困惑した。

「どうして？」

「この薬はエルヴィーネ殿下の体質に合わせて調合されています。ミュリエルに合うとは限らないのです。効かない場合もあるし、効きすぎる場合もある。特に、催淫剤が入っているので、慎重にならざるを得ません」

「催淫剤……」

「いわゆる媚薬の類です。王族の方がなんらかの薬を盛られた場合を想定して、騎士団では、毒薬はもちろん、出回っているあらゆる薬について研究をし、解毒薬も作成してすぐに対処できるようにしてあります。ただ、王家の秘薬は範疇《はんちゅう》外でして……」

「でも、王族に使われるものだから、危険なものではないはずよ」

「ええ。そうでしょう。けれど、確証がないうちは気軽に使う気にはなれません。エルヴィーネ殿下もそれには同意してくださって、薬師にそれとなく薬の成分を聞き出してくださるそうです」

「そ、そう。お姉様が……」

レイヴィンの口からエルヴィーネの名前が出るたびに胸の奥がモヤモヤしてしまう。

——私はなんて心が狭いのかしら。信じると決めたのに……。

「……ごめんなさい。薬なんかに頼らないであなたを受け入れることができれば、こんなことには……」

ミュリエルはレイヴィンの胸に頬を寄せて呟く。レイヴィンはミュリエルの肩をぎゅっと抱きしめて囁いた。

「大丈夫です。待ちます……あなたの準備ができるまで」

その優しさがミュリエルには辛かった。

＊＊＊

ミュリエルたちの結婚式から一か月半が経っていた。

この日、ミュリエルたちは城の大広間で開かれる国王の誕生を祝う夜会に招かれ、二人で城に向かっていた。

「ミュリエル。もし気が重いのなら欠席してもいいんですよ」

夜会の当日、城へ向かう馬車の中で、ミュリエルはすでに緊張していた。扇子《せんす》を握りしめる手は力が入りすぎて真っ白になっている。

「大丈夫よ」

「手にあまり力を入れると、爪で肌が傷つきますよ」

「手袋をするから大丈夫」

大丈夫と言いながら、答える声も張りつめていた。

何しろ結婚式を除けば、初めてミュリエルが参加する夜会《パーティ》だ。王家主催ともなれば、大勢の人々が城にやってくるだろう。ミュリエルは見知らぬ人々の前に姿を見せなければならないのだ。

隠されるようにして生活していたミュリエルにとっては荷が重い。

けれど、国王からの招待を断ることはできない。いや、もしミュリエルが欠席しても父王は怒らないだろう。けれど、レイヴィンの侯爵としての立場を考えれば、国王の誕生祝いに欠席することがどれほど彼に悪影響を及ぼすか、ミュリエルでも分かる。

それなのに、レイヴィンはひたすらミュリエルのことを気遣うのだ。

「私のことならお気になさらず。ミュリエルの方が大事ですから」

「私は……大丈夫。本当よ、レイヴィン。それにせっかくお母様が私のドレスを用意してくださったのだから、着た姿をお見せしたいの」

ミュリエルが今日身に着けているドレスは、王妃が用意したものだ。降嫁したのだから当然婚家で用意するものだが、社交界デビュー後のパーティに着るドレスは、母親が選んだものを着るという慣習になっているために、王妃が城のお針子を総動員してミュリエルのドレスをこしらえたのだ。

「分かりました。気分が悪くなったらすぐに言ってください」

会話を交わしているうちに馬車は城にたどり着いた。

正門を通り過ぎ、大広間のある主塔の前の広い前庭には、招待客の乗ってきた馬車が所せましと並んでいる。係の指示に従ってミュリエルたちの馬車も前庭の一角に停めた。

先に降りたレイヴィンの手に導かれ、前庭に降り立ったミュリエルは、主塔へ向かう貴族たちの目がこちらに向けられていることに気づいてぎょっとした。

「気にしないでください」

そう言われても無理がある。近くにいる者がほぼ全員、ミュリエルたちに注目しているのだから。

「めったに公の場に姿を見せなかったミュリエルがいるので、珍しがっているだけですよ」

実際、ブラーシュ侯爵家の馬車だと気づいた者は、皆、興味津々で見ていた。レイヴィンが連れている女性こそ、「妖精姫」と言われている元第五王女だ。結婚式の披露宴に招かれなかった貴族たちにとっては、初めて見る姿だった。

「あれが『妖精姫』か。思った以上に小柄だ」

「まぁ、見てくださいな、なんとすばらしいドレスなのでしょう」

興味津々な視線がミュリエルの小さな身体に突き刺さる。それでも、彼らの前を横切りながら何とか胸を張れたのは、王妃が贈ってくれたドレスのおかげだ。

実際、王妃が贈ってくれたミュリエルのドレスはすばらしいものだった。ピンクと白を基調としたドレスで、フリルもふんだんに使われているが、子どもっぽく見えないデザインになっている。布地の細やかな刺繍も、華やかさの中に大人っぽさをさりげなく演出していた。

祝いの席に相応しい装いだ。王妃が贈ったドレスだといつの間にか周知されていることもあって、ミュリエルのドレスについて非難する声はない。

ところが――。

「ベールか。こんな席でもベールなのか」

「あれではせっかくのドレスが台無しではなくて？」

招待客がミュリエルの姿を見て眉を顰《ひそ》めている。

モナが時間をかけて美しく結い上げてくれた髪の毛も、薄く化粧を施された顔も、ミュリエルはすべてベールで覆い隠していたのだ。

けれど当人はベールがあってよかったと心底思っていた。

――いくら許可が出たといっても、この髪と目を晒すのは怖い。

実はレイヴィンから前もってベールを被らなくてもいいと言われていた。

『もうあなたは私の妻になったのですから、隠す必要はありません。陛下たちも何もおっしゃらないでしょう』

なぜレイヴィンと結婚したから髪と目を隠す必要がなくなるのか。尋ねても、レイヴィンははっきりとした理由は言わなかった。ただ一言、こう言っただけだ。

『あなたは何一つ恥じることはないのです。ミュリエル』

レイヴィンの気遣いは嬉しかったが、それでベールを外して大勢の前に出られるかと言えば、また別の話だ。

今まで着用するよう義務づけられていた。それを突然外していいと言われても簡単に切り替えられるものでもない。

それにミュリエルは、素顔を晒すことに恐怖を覚えていた。ベールはある意味、彼女を人々の好奇の視線から守ってくれてもいたのだ。

結局、ミュリエルはベールを外すことができなかった。

夫を亡くしたばかりの未亡人でもなければ華やかな場でベールを被ってくる者などいな

い。

――やっぱりベールは外すべきだったかしら？　でもこの髪と目を晒して、もし好奇の目で見られたら？

レイヴィンにエスコートされて大広間に到着すると、今まで以上に視線が集まるのを感じた。

「ミュリエル、レイヴィン！」

二人の姿に気づいたアリストが歩み寄ってくる。

「ミュリエル、そのドレス、とてもよく似合っているよ。兄様はとても鼻が高い。レイヴィンさえいなければ僕がエスコートするのに」

アリストはにこやかに微笑みながら、いつものようにベール越しにミュリエルの頬にキスをし、溺愛していることを隠しもしないで、誉めそやす。

ミュリエルは見慣れた兄の姿にホッと肩の力を抜いた。

「お兄様ったらお上手ね」

「お世辞なんかじゃない。本当に綺麗だよ、ミュリエル」

それはきっとドレスのおかげだろう。そう思ったが、ここでそれを言うと、アリストが大勢の人がいるこの場でどんなに妹が愛らしいか主張し出すのは目に見えている。

「ありがとうございます、お兄様」

素直に褒め言葉を受け止めると、ミュリエルは周囲を見回しながら尋ねた。

「ところでお兄様、アンネリースお姉様とエルヴィーネお姉様は？」

今夜の主役である父王と王妃は夜会開始の合図とともに登場するので、いないのは分かっている。けれど、姉たちはもう大広間に来ているはずだった。

「アンネリースなら、さっき公爵と一緒に挨拶に来ていたよ。たぶん、その辺にまだいると思う。エルヴィーネはデュランドル皇国のボルシュ殿下にエスコートされて、もうとっくに会場にいるはずだ」

ボルシュの名前を聞いたとたんにレイヴィンは顔を顰めた。

「あの方もいらしているのですね」

「そりゃあ、エルヴィーネの婚約者だし、城に滞在しているからね。招待しないわけにもいかないよ」

「あの御仁《ごじん》がずっと城に居座っているせいで、騎士団の負担が増す一方なのですが。いつまでおられるつもりなのでしょう」

忌々しそうにレイヴィンは呟く。

確かにボルシュがこの国に来て一か月半が経っている。親交を深めるにしてはいささか長すぎる滞在だ。

城に滞在する要人の身辺警護を担うのは騎士団の役目なので、長く居ればそれだけ騎士たちに負担がかかるのだから、レイヴィンが文句を言うのも分からなくはない。けれど、本当にそれだけだろうか？

ボルシュの名前を聞いただけで不機嫌になることに、レイヴィンは自分では気づいていないのだろうか？

ミュリエルの胸がちくりと痛む。

——やっぱりそれは、彼がお姉様の婚約者だから……？

「こちらから早く帰国しろと言うわけにもいかないから、彼ら次第だね。レイヴィンたちにも苦労をかけるが、もう少し我慢してくれ」

「分かってはいるのですが……もし何かあったらと思うと……」

レイヴィンは、突然ミュリエルにちらりと視線を向けた。ところが、すぐにふいっと逸らしてしまう。

「いえ、申し訳ありません、出過ぎたことを申しました」

「気をつけなよ、レイヴィン。僕の前だからいいけど、他の悪意ある誰かに聞かれたら面倒くさいことになるからね。相手は遠い国とはいえ皇太子なんだから」

アリストが少し真剣な眼差しになってレイヴィンを諭す。レイヴィンは胸に手を当てて頭を下げた。

「はい。ご忠告ありがとうございます、殿下。気をつけます」

ミュリエルは二人のやりとりを聞いている間、ずっとベールの下で俯いていた。

——レイヴィンを信じている。でも……信じたいだけなのかもしれない。

「あ、アンネリースだ。二人とも挨拶をしておいで。僕は少し宰相と話をしてくるから」

アリストの言葉にミュリエルは顔をあげる。彼の指さす方向に、こちらに向かって来るアンネリースと彼女の夫である公爵の姿があった。

アンネリースと公爵に挨拶をしているうちに、大広間の扉が開いて、侍従が父王たちの到着を告げた。

ミュリエルはレイヴィンとともに玉座まで続く赤い絨毯《じゅうたん》の脇に下がった。国王を迎えるための立ち位置は身分によって決まっている。玉座に近い方から王族、高位の貴族と続いていく。降嫁したミュリエルはアリストやエルヴィーネたちがいる王族の場所へは行けないが、侯爵夫人として玉座に近い場所を与えられている。

王妃をエスコートしながら絨毯の上を進んでいく国王は、ミュリエルとレイヴィンの前で足を止めると、声をかけた。

「よく来たな、ミュリエル。今夜はお前の初めての夜会だ。楽しんでいくんだぞ」

「はい。お父様」

父王に合わせて王妃もレイヴィンに声をかけた。

「レイヴィン、ミュリエルを頼みましたよ」

「はい、王妃陛下」

入場の途中で国王と王妃が立ち止まり、声をかけるのは異例中の異例だ。それだけ末娘のことを気にかけている――この場にいる者たちはそう理解した。貴族たちはミュリエルに失礼なことをすれば国王の不興を買うことを即座に悟り、憧れのレイヴィンを取られたことでミュリエルに嫌味を言ってやろうと思っていた令嬢たちの出鼻を挫《くじ》くことになった。

国王と王妃は玉座に腰を下ろすと、大広間を見回し、朗々とした声で挨拶を始めた。

「今夜は私の誕生を祝う会だ。この喜ばしい日にわざわざ出向いてくれた諸侯らに感謝したい。今年は末娘のミュリエルがブラーシュ侯爵に嫁ぎ、エルヴィーネもデュランドル皇国のボルシュ殿下と婚約を結んだめでたい年だ。この善き年の誕生日を皆で祝えることを嬉しく思うぞ。ささやかながら宴席を用意した。今宵は飲んで踊って楽しく過ごしてくれ！」

国王は玉座から立ち上がり、宴の開始を宣言した。

「さぁ、音楽を！　酒を持て！　祝いの宴の始まりだ」

わぁぁと大広間に歓声と拍手が上がった。楽団が音楽を奏で始め、ワインの注がれたグラスをお盆にのせた給仕たちがいっせいに大広間に入ってくる。

招待客は、ワインのグラスを片手に顔見知りと談笑し、大広間の隣の別室に用意された食事に舌鼓《したつづみ》を打った。大広間の中央では若い男女が音楽に合わせてワルツを踊り始め、次々と他の貴族たちも参加していった。

ミュリエルは、初めて見る夜会の熱気に圧倒された。結婚式の時もたくさんの人が出席していたのを見たが、今夜はもっと多いような気がした。こんなに大勢の人を一度に見るのは初めてだ。

だが、ミュリエルは夜会を堪能するどころではない。次から次へと貴族たちに声をかけられ、その対応で精いっぱいだった。

一応、元王女として主要な貴族の名前と役職などは頭に叩きこんではいるが、顔と名前が一致しないし、初対面で何を話したらいいのか見当もつかなかった。

結局、話をするのはレイヴィンに任せて、ミュリエルはただ挨拶だけを繰り返していた。

幸いなのは、ベールを被っているのを理由にダンスの誘いを断れることだ。

もっとも、レイヴィンとも踊れなくなってしまったが。

――レイヴィンと踊ってみたかった……。でも、ベールで顔を覆ったまま踊るなんて聞いたことがないし……。

禁じられているわけではないが、仮面舞踏会などの特殊な場でもなければベールは取って踊るのが普通だ。けれどミュリエルはベールを外して髪と目を見られるのが怖かった。

――なんで私はこうなのかしら。ベールを取って素顔をさらけ出すこともできない。知り合い以外とは気軽に話もできない。

自分の至らなさと情けなさに、ミュリエルは打ちのめされた。

――エルヴィーネお姉様なら、こんなことは苦もなくやってのけるでしょうに。

大広間の中央に視線を向ければ、ボルシュと踊るエルヴィーネの姿が見えた。微笑を浮かべながら優雅に踊るエルヴィーネは誰よりも光り輝いて見えた。

――やっぱり無理。お姉様のようにはできない。私は「みそっかす」だもの。

「大丈夫ですか、ミュリエル？」

人波が途切れた隙に、レイヴィンはミュリエルをそっと壁際に導きながら心配そうに尋ねた。ベールで隠されていたが、ミュリエルの顔は泣きそうに歪んでいた。

「大丈夫、です。まだやれます」

涙を押し隠して言ったが、レイヴィンは異変に気づいていたようだ。

「無理はいけません。慣れない人ごみで疲れたでしょう。主要な貴族との挨拶はあらかたすんでいます。もうここを出ても失礼にはならないでしょう」

「でも……」

「皆、これがミュリエルにとって初めての公の場だと知っています。それなのにミュリエルが皆の名前を知っていたことに感心なされておりましたよ」

「嘘よ。挨拶だけしかできない不作法な娘だと思ったに違いないわ」

「社交界デビューしたての娘は、その挨拶ですらきちんとしてないことも多いですから。名乗る前に相手の名前を言える――つまり、全部記憶している娘はもっと少ないのです。ですから皆様驚かれておりました」

「本当……ですか？」

「もちろんです」

レイヴィンはにっこり笑う。嘘を言っているようには見えない。たとえ、貴族たちの褒め言葉が単なるお世辞であったとしてもミュリエルは嬉しかった。

「最初のうちは、慣れなくて失敗するのは誰でも同じです。ミュリエルも焦らず自分のできるところから始めましょう。でも、無理は禁物ですよ」

「はい。レイヴィン……ありがとう」

いつだって、レイヴィンはミュリエルの気持ちを分かってくれる。欲しい言葉を言ってくれる。

——だからレイヴィン、私はますますあなたを好きになっていく。ますます溺れて離れられなくなっていく。

「頑張るあなたは誇らしいですが、私はあなたを疲れさせたくないのです。ですから、そろそろお暇《いとま》を——」

レイヴィンの言葉が不意に途切れた。彼が見ている方に視線を向けたミュリエルは、目を見開く。エルヴィーネとデュランドル皇国の皇太子ボルシュがこちらに向かって歩いてきていた。

「ミュリエル。レイヴィン」

にこやかな笑みを浮かべてエルヴィーネが声をかけてくる。鮮やかな青色のドレスを纏うエルヴィーネは美しかった。とたんに、ミュリエルは自分のドレスが子どもっぽく感じられてますます気持ちが沈んでいくのを感じた。

——お姉様には敵わない。いつだって、そうだった。

「お母様の見立てはやっぱり確かね、ミュリエル。そのドレス、あなたにとてもよく似合っているわ」

その言葉はミュリエルの耳に空しく響いた。

「あ、りがとう、ございます、お姉様。お姉様のドレスも大人っぽくてとても素敵です」

エルヴィーネのドレスはミュリエルのドレスと違ってフリルなど一切ないデザインだ。その代わり、水色の透かし編みのレースで作られた花の飾りが効果的にちりばめられ、大人っぽさの中にも可愛らしさがある。豊かな金色の髪は結い上げられ、煌めく宝石で飾られていた。

「ボルシュ様も素敵です」

ミュリエルはエルヴィーネの傍らに立つ背の高い男性に声をかける。姉の婚約者を無視するわけにはいかなかったからなのだが、レイヴィンは気に入らなかったようだ。肩に回された手にぎゅっと力が入ったのが分かる。

煌びやかな紺色の礼服を纏ったボルシュは、優雅に頭を下げた。

「ありがとうございます、ミュリエル様。あなたもとても愛らしい」

「ありがとうございます」

「ところで、お二人は踊らないのですか？　ミュリエル様にダンスを申し込みたいと思っていたのですが……」

「あ、いえ。私は……」

断ろうとした時、レイヴィンが急に口を挟んだ。

「失礼します、ボルシュ殿下。ミュリエルは初めての夜会で少し疲れているようです。ダンスはご容赦願います」

するとボルシュはすぐに引き下がった。

「そうですか、残念です。ああ、でも、せっかくなのでブラーシュ侯爵は踊ってきたらいかがでしょうか、エルヴィーネ殿下と」

突然、矛先をエルヴィーネとレイヴィンに切り替えてボルシュは促す。これもレイヴィンは断ろうとした。

「いえ、私は――」

「だが、今夜、君はまだ誰ともダンスをしていないはず。ミュリエル様に遠慮していたのでしょう？」

「あ……」

ミュリエルは今さらそのことに気づく。ミュリエルが踊れないからレイヴィンもダンスを断り続けていたのだと。

――私のせいで。

きゅっと唇を噛みしめると、ミュリエルは口を開いた。

「レイヴィン、私は大丈夫だから、お姉様と踊ってきて」

「しかし……」

渋るレイヴィンに、ずっと黙っていたエルヴィーネがにこやかに言う。

「あら、いいじゃない。一曲だけわたくしと踊りましょう、レイヴィン」

「エルヴィーネ殿下？」

「ミュリエルも自分のせいであなたが踊れないのだと聞いたら、気にしてしまうでしょう？　一曲だけ踊れば義理が立つのだから、いいじゃないの。さぁ、行きましょう」

エルヴィーネはレイヴィンの腕を摑むと、強引に大広間の中央に引っ張っていく。

「ちょっ、お待ちください、エルヴィーネ殿下！　あなたは一体何を――」

「いいから。女性の誘いを断るなんて不作法、あなたはしないわよね、レイヴィン？」

レイヴィンは苦々しげな顔になったが、やがて諦めたのか、不承不承といった様子でエルヴィーネの手を取った。二人は音楽に合わせてくるくると回り始める。

ミュリエルはその様子を、じくじくと痛む胸を押さえながらじっと見つめる。早くも二人に踊るよう促してしまったことを後悔していた。

ワルツに合わせて流れるような動作で踊る二人は、どこから見てもお似合いだった。

つり合いのとれた背丈、体格、それに容姿。まるで一対の番《つがい》のようだ。そう感じているのはミュリエルだけではない。二人が踊っていることに気づいた貴族たちが感嘆のため息をついていた。

「やっぱりレイヴィン様にはエルヴィーネ様ほどの女性でないとつり合わないわ」

そんな言葉が耳に飛び込んでくる。ミュリエルはベールの下で唇を噛んだ。ひどく惨めだった。

「お似合いの二人ですね。そうは思いませんか？」

追い打ちをかけるように、ボルシュがミュリエルの隣に移動し、囁いた。ミュリエルはのろのろと顔をあげて、訝しげにボルシュを見つめる。

——この人は婚約者が他の男と踊っても気にならないのだろうか？

ボルシュの表情には、婚約者を取られた焦りも悔しさも一切なかった。それどころか、どこか楽しげですらある。

「知っていますか、ミュリエル様？」

笑いを含んだ声音でボルシュは尋ねてくる。ミュリエルは眉を顰めた。

——どうもこの方は苦手だわ。礼儀正しいのに……なんだか怖い。なぜかしら？

値踏みをしているようにミュリエルを見つめているからだろうか。

「何を、ですか？」

ミュリエルは警戒しながら尋ねる。

「あなたの夫と私の婚約者はね、ずいぶん前から好き合っているようですよ」

「——え？」

心臓が一瞬だけ動きを止めたような気がした。次に鼓動が聞こえた時、心拍数は異常なほど速かった。

ドクン、ドクン。耳の奥に大きな鼓動が響き渡る。

「やはり知らなかったのですね」

ボルシュは黒い瞳に憐れみの光を浮かべてミュリエルを見ていた。

「ブラーシュ侯爵はもう何年も前から国王陛下にエルヴィーネ殿下の降嫁を願い出ていたそうです。ですが陛下はそれを断り続けた」

「う、そ……」

信じられないと思う一方で、やはりという気持ちが湧き上がった。

――やっぱりそうだったのだわ。お姉様とレイヴィンは愛し合っていた。だからこそあんなふうに仲がよくて……。

「周囲も二人が結ばれることを願っていたようですね。お似合いの二人だからそれも当然でしょう。けれど、国王陛下はブラーシュ侯爵にあなたを押しつけたのです。あなたを手元に置いておくために、彼ら二人を引き離したわけです」

「うそよ……お父様はそんなことしない。お父様は……」

けれどミュリエルの父親は娘を溺愛する一方で、執政者として非情な判断をすることがあることも、ミュリエルは知っている。ミュリエルを手元に置いておきたいという理由ではなく、国としてエルヴィーネをボルシュに嫁がせることが必要だったのだろう。

ボルシュにエルヴィーネを嫁がせるため、二人を引き裂きミュリエルをレイヴィンに押しつけた。優しいレイヴィンは王命を断ることができず、ミュリエルを娶った。

――ああ、そうか。そうだったんだわ。

ミュリエルは惨めな気持ちで認めた。どんなに目を背けようがそれが純然たる事実だ。王命だから、レイヴィンはミュリエルとの結婚を受け入れた。そうでなければ、どうして「みそっかす」の王女との結婚など望むだろうか。

愛という言葉は彼の口から出ることはない。出てくるはずがない。なぜならこれは政略結婚なのだから。

どんなに可愛がってもらっていても、それはあくまで親愛や同情でしかない。……それをミュリエルは心のどこかで分かっていた。

レイヴィンはミュリエルに騎士の誓いをしてくれたけれど、それだって同情心でしたことだろう。あの時彼は、落ち込んでいたミュリエルを励ますつもりで騎士の誓いを立て、そしてミュリエルも憐れみの気持ちだと分かっていながら受け入れた。

縋るものが欲しかった。大事にされているけれど、美しくて完璧な家族の中でミュリエルは窒息しそうになっていた。だから、家族以外で大事だと言ってくれる彼が必要だったのだ。

ミュリエルはレイヴィンに縋り、優しい彼はそれをはねのけることができず、そしてエルヴィーネを失わせてしまった。

「私……私は……」

大好きなエルヴィーネ。いつだってミュリエルを慈しんでくれた、憧れの人であり目標でもある人。

大好きなレイヴィン。ミュリエルに騎士の誓いを立ててくれた人。落ち込むたびに迎えに来てくれて、いつも望む言葉をくれた人。

二人ともミュリエルにとって大切な存在だ。

——その二人を苦しめているのが私だったとしたら……。

「どうすれば……いいの？　私は……」

震えるように呟いたミュリエルは、ボルシュが歪んだ笑みを浮かべたことに気づいていなかった。

「私にお任せください、ミュリエル様」

唆《そそのか》すようにボルシュが囁く。

「あなたとブラーシュ侯爵は白い結婚ですよね？」

「どうして、そのことを……」

ミュリエルが呆然とボルシュを見上げる。ボルシュはにこっと微笑んだ。

「一か月半も城に滞在していればおのずと耳に入ってくることもあります。殿下とブラーシュ侯爵の婚姻は成立していない。だとすれば簡単です。白い結婚を理由に結婚の無効を願い出ればいいのです。そうすればあなたは独身に戻り、エルヴィーネ殿下とブラーシュ侯爵は晴れて一緒になることができる」

言いながら、ボルシュはミュリエルに手を差し出した。

「この手をお取りください、ミュリエル様。そうすれば私がすべてして差し上げます。あなたの結婚を無効にし、そしてあなたを婚約者としてデュランドル皇国に連れて帰ります。そうすれば国王陛下だってあなたを諦め、エルヴィーネ殿下たちの結婚をお認めになるのでしょう。すべてが解決します」

ミュリエルは差し出された手をまじまじと見つめ、それからボルシュに視線を向けた。

「でも、それであなたに何の利があるというのです？　妻にと望んだエルヴィーネお姉様をレイヴィンに渡してしまうのですか？」

「ああ、あなたはご存じないのですね。もともと私が妻にと望んだのはエルヴィーネ殿下ではなく、あなたの方でした」

「わ、私？」

「そうです。それなのに、国王陛下はミュリエル様にはすでに相手が決まっているからと、エルヴィーネ殿下との婚約を勧めてきたのです」

思いもよらない話だった。

――私にきた縁談だった？　だったらなぜ、お父様はエルヴィーネお姉様を？

疑問に思ったが、ボルシュは畳み掛けるようにミュリエルに決断を迫ってくる。

「ミュリエル様――いえ、ここはあえてミュリエルと呼ばせていただきます。ミュリエル、二人を大切だと思うのなら、この手をお取りください。あなたさえ決断すれば、みな幸せになれるのです。歪んだものが正しい形に戻るのです」

――私が決断してこの手を取れば……お姉様もレイヴィンも幸せになれるの……？　大好きな二人のために、私は身を引くべきなの？

ボルシュの言ったことがぐるぐると頭の中を駆け巡る。

「私は……」

ボルシュの手をじっと見つめる。決断をしなければならないのに、頭がうまく働かなかった。なのに、知らず知らずのうちにミュリエルの手が上がる。

「私は……お姉様とレイヴィンを……」

「ミュリエル！」

突然、轟《とどろ》くような呼び声とともにミュリエルはボルシュから引き離され、いつの間にかレイヴィンの腕の中にいた。

「おや、もう戻っていらっしゃったのですね」

ミュリエルを腕の中に抱きしめるレイヴィンを見てボルシュが肩を竦めた。

「ええ。一曲だけ義理で踊っただけですから」

「そのとおりよ。残念でしたわね、ボルシュ様？」

意味ありげに扇で口元を隠したエルヴィーネが、レイヴィンの後ろから現れる。

「エルヴィーネ殿下。ミュリエルの具合が悪そうなので我々はこれで失礼します」

「ええ。ミュリエル、レイヴィン。今日はお疲れ様。ゆっくりお休みなさい」

突然の出来事に、ミュリエルは唖然としたまま、レイヴィンの腕の中に抱え込まれた状態で大広間から出された。

「レイヴィン、あの……」

「黙ってください、ミュリエル。一刻も早く城を出て帰ります」

「で、でも、お父様やお母様、それにお兄様に退出のご挨拶を……」

「必要ありません。エルヴィーネ殿下が両陛下とアリストに伝えてくれるでしょう」

レイヴィンはそっけない口調で答えると大股で大広間を離れていく。途中からは、ほとんどミュリエルを抱き上げた状態になっていた。

――レイヴィンはなぜ怒っているの？

ミュリエルは、振り落とされないようにレイヴィンの肩にしっかり摑まりながら、混乱していた。ボルシュの言葉が頭の中を駆け巡る。

――私は二人のために身を引こうとしただけなのに。私のせいで歪んでしまった関係を元に戻そうと思っただけなのに。

なぜ彼はこんなに腹を立てているのだろう。これほど怒っているレイヴィンは見たことがない。

怒りたいのはミュリエルの方だ。泣き叫びたいくらいなのに。

――でも……愚かな私は喜んでいる。身を引かなくていいことを。どこまで私は自分勝手なのかしら。

それでもいい。今だけは……。

馬車に向かいながら、ミュリエルは目を閉じてレイヴィンの首にしがみついた。

もうじき失ってしまうぬくもりを死ぬまで忘れないために。

＊＊＊

ミュリエルたちが大広間から出て行くのを見届けてから、エルヴィーネはボルシュに向き直った。

くすりと笑みを漏らしながら、目の前の婚約者へと告げる。

「残念でしたわね、ボルシュ様。あの子を唆せなくて。まぁ、もともと成功するはずのない企みでしたけれど」

煌めくエルヴィーネの青い目に浮かんでいるのは紛れもなく嘲笑だった。ボルシュの余裕に満ちた態度が崩れる。

「何……？」

眉を顰めるボルシュに、エルヴィーネは艶やかに笑ってみせた。

「あなたがあの子に誘惑を仕掛けようとしていることは、こちらは百も承知しておりましてよ。だからわたくしもそれを利用させていただきましたの。残念ながらもう今夜で、あの子の結婚を無効にするのは不可能になるわ。レイヴィンは王家の秘薬を使うでしょう――あの子を自分に繋ぎとめるために」

「王家の秘薬？」

「ええ。かつて『ハルフォークの青銀』が先祖に嫁いでくる時に持参した薬ですわ。小柄な彼女たちが問題なく夫と契ることができるように、ちょっとした助けになる薬と言えば分かりますわね。あれを使えば問題なくミュリエルとレイヴィンの婚姻は成立します。レイヴィンったら『ミュリエルが使う気になるまで』なんて悠長なことを言っていたから、少し背中を押してあげましたの」

ボルシュの口元に苦笑いが浮かぶ。

「わざと焚き付けたというわけですね……私を使って」

「ええ、そういうこと。あなたにとって、今日が最後のチャンスだったのに残念でしたわ」

「……チャンスなど、これから先いくらでも作れるさ」

余裕を取り戻してうそぶくボルシュに、エルヴィーネは鈴の音のような笑い声を響かせた。

「懲《こ》りないお方ね。二つほど忠告しておくわ。レイヴィンを本気で怒らせないで。彼は生《き》粋《っすい》の騎士なの。騎士は主のためにすべてを捨てられるわ。地位も財産も己ですらね。『ハルフォークの青銀』に薄っぺらい忠誠心しか抱いていないあなたでは太刀打ちできないわよ」

「ほう。そしてあともう一つとは？」

「『ハルフォークの青銀』を使って得たものは『ハルフォークの青銀』が失われれば瞬く間に消え去るわ。帝国のようにね。そんな不確かなものに頼るより、己の才覚で国をまとめた方がよっぽど建設的よ。悪いことは言わないわ、このまま何も望まずに国にお帰りなさい。これが二つ目の忠告よ、ボルシュ様」

「それはそれは、ご忠告、痛み入ります」

芝居がかったしぐさでボルシュは優雅におじぎをする。エルヴィーネはにっこり笑った。

「それだけよ。わたくしはミュリエルとレイヴィンの帰宅を父と母に伝えに行くわ。ではまたあとでお会いしましょう」

エルヴィーネは踵を返すと、ボルシュからさっさと離れていく。その後ろ姿を忌々しそうに見つめていたボルシュは、大広間を抜け出し自室として使っている貴賓室に戻った。

「お帰りなさいませ、ボルシュ様。なかなか手厳しい方でしたね」

貴賓室に一足先に戻っていた従者は、ボルシュの顰め面を見て苦笑した。彼は常にボルシュの近くにいる。さきほどのやりとりもしっかり聞いていたはずだ。

「小賢しい女め」

ボルシュはクラヴァットを外しながら吐き捨てる。

「ですが、頭が良くて聡明です。もしかしたらああいう方こそ我が国の王妃に相応しいのかも……」

「ばかを言うな！」

従者の言葉をボルシュは一喝した。

「見目の良い女も賢い女も国に戻ればいくらでもいる！　我が国に必要なのは小賢しい女ではなく『ハルフォークの青銀』だ！　ミュリエル王女さえいれば、我が国はかつての栄光を取り戻せるのだ！」

「申し訳ありません、出過ぎたことを申しました」

不興を買ったと思った従者はその場で片膝をついて謝罪した。

「ふん、まぁ、いい。穏便な方法がだめでも、あの王女を手に入れる方法は他にいくらでもある。だてにひと月半も居座っているわけではない」

「はい。買収はすでにすんでおります。ボルシュ様、ハルフォークの血を引く尊きお方。世界は我が主、あなたの手に――」

平伏する従者の言葉にボルシュは鷹揚《おうよう》に頷いた。

「そうとも。『ハルフォークの青銀』を手に入れるのは、あの騎士あがりの侯爵ではなく、この私だ」

＊＊＊

ミュリエルを連れて家に帰ったレイヴィンは、彼女を抱き上げたまま屋敷の中に運んだ。

「だ、旦那様？」

出迎えた執事長のコナーや騎士のディケンが戸惑ったように二人を見るが、レイヴィンは構わずテキパキと指示する。

「ディケン。私はこれから三日間の休暇に入る」

「あ、はい。でも、もともとその予定でしたよね？」

結婚してから一度も休暇をとっていないレイヴィンは、夜会の後三日間の休みを取ることが決まっていた。

「ああ。けれど、この三日間、寝室に篭《こ》もることになる。城へ行くことはできなくなるから、すまないがアリスト殿下との連絡はお前に任せる」

「え？　寝室に篭もるって……」

「コナー」

絶句するディケンをよそに、レイヴィンは執事に視線を移す。

「アリスト殿下か陛下の緊急のご命令でもない限り、来客はすべて断ってくれ」

「は、はい。承知いたしました」

コナーが頷くのを確認すると、レイヴィンは玄関ホールにある吹き抜けの階段を上がり、そのまままっすぐミュリエルの部屋に向かった。

「レ、レイヴィン？」

「黙っていてください」

恐る恐るミュリエルが声をかけるが、レイヴィンはにべもなかった。彼の怒りがひしひしと感じられて、ミュリエルは怯えると同時に悲しくなった。

――お姉様と好き合っているくせに……。私とは王命で結婚しただけなのに。

「姫様？　レイヴィン様？」

ミュリエルの部屋にはモナが待機していた。モナは突然入ってきた二人の姿を見て唖然とする。レイヴィンはモナに淡々とした口調で命じた。

「モナ。これより三日間、寝室に入ることを禁じる」

「え!? そ、それはどういうことですか？」

「ミュリエルの世話は私がするから心配しなくていい。休暇だと思ってくれ」

「え？ お、お待ちください、レイヴィン様！」

けれどレイヴィンはモナの言葉を無視してスタスタと寝室に向かった。寝室には明かりが灯っていた。淡い光が天蓋付きのベッドを照らしている。すぐ使えるようにと誰かが気をきかせてくれていたのだろう。

レイヴィンは寝室に入るとベッドの縁にミュリエルを降ろした。

「さぁ、ここならだれにも聞かれることはありません。ミュリエル。あの男に何を言われていたのです？」

レイヴィンはミュリエルのすぐ前に立ち、彼女を見下ろしながら鋭い声で尋ねた。その顔にいつもの笑顔はなく、口は不機嫌にきゅっと結ばれている。

「それは……」

「言っておきますが、ごまかしたり嘘を言ったりしても、この四年間ずっとあなたを見続けてきた私にはすぐに分かりますからね」

当初、ミュリエルはレイヴィンには絶対に伝えまいと思った。ボルシュからレイヴィンとエルヴィーネのことを聞かされて、どんなに自分が傷ついたか知られたくなかった。けれど、ミュリエルがごまかしてもすぐに分かるというレイヴィンの言葉は本当で、彼はミュリエルのどんな表情も見逃さず、問い詰める。

ミュリエルは、言うつもりなどなかったのに、ボルシュから言われたことをすっかり白状させられてしまった。

「それで、お優しいあなたは自分さえいなくなれば私とエルヴィーネ殿下が幸せになれると言われて、あの男について行こうとしたのですね？」

すべて伝えたのに、レイヴィンの機嫌はいっこうによくならず、ますます怒りを募らせていく。

「つ、ついて行こうとしたわけじゃないわ。ただ……ただ……私は自分の存在のせいで歪んだものを正したいと思って……」

「同じことです。あの男の手を取ろうとしていたではないですか。騎士として忠誠を誓った私の言葉より、あの男の虚言《きょげん》を信じて」

ハッとしてミュリエルはレイヴィンを見上げた。

「虚言……嘘だったということ？」

「私は過去に一度も、エルヴィーネ殿下とそのような仲になったことはありません。未来においてもありません」

腹立たしげに、けれどきっぱりと言い切るレイヴィンは嘘をついているようには見えなかった。

「嘘……だったの？　あれが全部……？　なぜ……？」

「あなたが欲しいからに決まっています。……ああ、でもあなたは私のことは信じられないのでしたか」

レイヴィンはくっと笑う。笑っているのにその青い目は暗く沈んでいた。

「ち、違っ……」

ミュリエルは首を横に振る。けれど「信じてほしい」と言われていたのに、結局レイヴィンを信じ切れなかったミュリエルの言葉に説得力があるはずもない。

「私の言葉を信じられなくても構いません。その身体に教えこめばいいだけのことですから」

「え……？」

聞き返す間もなくミュリエルはベッドに押し倒されていた。

「レイヴィン!?」

「結婚を無効になどさせませんよ。あなたは私の妻です。この先もずっと、永遠に」

「あっ……！」

うつぶせにされ、ドレスのボタンにレイヴィンの手が伸びる。次々とボタンが外され、やがてドレスが引き剥がされ、ベッド脇の床に落とされた。

「ま、待って、お願いレイヴィン！」

ミュリエルはもがいたが、がっちりと押さえつけられ、満足に動くこともできない。体格と力の差がありすぎて抵抗にもならなかった。

ドレスに続いてコルセット、ドレスを膨らませるためのパニエが床に落ちていく。ミュリエルを脱がせながら、レイヴィンは自分の服も器用に脱いで床に落としていった。

一糸纏わぬ姿にされ、今度はベッドに仰向けに縫いとめられる。頭上で両腕を押さえつけられたミュリエルは、涙を浮かべながらレイヴィンに懇願した。

「待って、お願い、レイヴィン」

純潔を失わなくても、この一か月半ずっと彼と肌を重ねてきたミュリエルは、レイヴィンが行おうとしていることが分かっていた。レイヴィンはミュリエルを最後まで抱くつもりなのだ。結婚を無効にさせないために。

初夜に味わった、裂かれるような痛みを思い出して、ミュリエルは怯えた。こんな混乱した状況でレイヴィンの太い怒張を受け入れるのは無理だ。壊れてしまう。

「お願い、レイヴィン。無理……あっ、や……」

レイヴィンは片手でミュリエルの胸の膨らみを摑み、我が物のように捏ねながら笑う。

「無理ではありません。怯えないでください、ミュリエル。大丈夫だから」

「やっ、レイヴィン……ぁ、んっ、やぁ」

怖いと思うのに、毎晩のように慣れ親しんだ愛撫に、ミュリエルの身体は反応せずにいられなかった。

胸の先端を摘まれ、下腹部にツキンと痛みにも似た疼きが走る。じわりと蜜が溢れていくのを感じた。

「ああっ、んっ、ぁあ、む、無理……」

鼻にかかったような喘ぎを漏らしながら、ミュリエルは首を横に振った。

「大丈夫、これを使いますから」

レイヴィンは愛撫を止めて手を伸ばすと、ベッド脇のサイドテーブルの引き出しからガラス瓶を取り出す。ピンク色の液体の入った見覚えのある入れ物だった。

「そ、それは……」

――王家の秘薬。

小柄な女性でも問題なく男性を受け入れられるようにと作られた薬だ。レイヴィンは王家の秘薬を使うつもりなのだ。

「ま、待って、どんな成分が入っているか分からないって……以前……」

どんな媚薬の成分が入っているか分からないからレイヴィンは積極的に使う気はないと言っていたはずだ。

「エルヴィーネ殿下に調べていただいた結果、広く出回っている媚薬の成分と変わりませんでした。安心して使えますね」

レイヴィンはにっこり笑うと、ガラス瓶をミュリエルの前で振ってみせる。

「使う量や使う人の体質で異なりますが、薬の成分は六時間から十時間ほど持続するようです。よかったですね、ミュリエル。この一瓶で三日間ずっと楽しめます」

「三日間ずっと……？」

ミュリエルはゾッと背筋を震わせた。レイヴィンは休暇中ずっとミュリエルにその薬を使い続けるつもりなのか。

「三日間じゃ足りないかもしれませんね。なにぶん、このひと月半――いいえ、四年間、俺は我慢してきたので」

レイヴィンは器用にも、片手でガラス瓶のコルクを外しながら言った。

「よ、四年間？」

「はい。あなたに忠誠を誓った日から、ずっとです。せっかくあなたと結婚できたので、もう少し余裕を持って進めたかったのですが、残念です。でも、俺にこの選択をさせたのは、ミュリエル。あなただ」

ほの暗い笑みを浮かべながら、レイヴィンは薬を手に垂らすと、その手をミュリエルの両脚の付け根に伸ばした。

「やっ、待って、レイヴィン……ひゃぁ！」

敏感な部分に触れられて、ミュリエルはビクンと身体を揺らした。

「や、やめっ……」

「しっ、大丈夫です」

宥めるように言いながら、レイヴィンの手は容赦なく秘薬をミュリエルの秘裂に擦りこんでいく。

秘薬は潤滑剤とは違い、サラッとしていて冷たくはなかった。塗り込められた先からすっと肌に浸透して、一見秘薬の存在など分からない。けれど、蜜口に塗られ、薬をまぶされた指が割れ目の奥に入っていく傍から、ミュリエルに変化をもたらしていた。

――熱い……！

薬が浸透した部分がじわじわと熱くなっていく。

「やっ。なに、これ……」

レイヴィンの腕によってベッドに押さえつけられ、身動きができない中、ひどくなる熱に身を震わせた。胎内から蜜がトプンと溢れてくる。

「どうやら薬が効いてきたようですね」

くりくりとミュリエルの蜜壺の中を指で嬲《なぶ》りながらレイヴィンがくすっと笑う。

「あなたのここ、熱くなってどんどん解れていきます。秘薬はすごいですね。もう、私の指がほら、三本も入るようになりましたよ」

くちゃくちゃとわざと激しい音を立てながら、ミュリエルの蜜壺をレイヴィンの指が出入りする。自分の指とは違い、レイヴィンの指を三本となればかなりの質量だが、ミュリエルの膣はそれをやすやすと受け入れていた。

痛みはない。ただ熱いだけだった。

「あっ、ああっ、あ、やぁぁ」

いつも以上の快感が襲ってきて、ミュリエルの唇からひっきりなしに喘ぎ声が零れ落ちる。いつの間にか手の拘束は外されていたが、ミュリエルはそれにも気づかず、大きすぎる悦楽に身をよじるだけで精いっぱいだった。

レイヴィンはよがり狂うミュリエルに容赦せず、蜜壺の中を指で犯しながら、ささやかな茂みの中に隠された粒をむき出しにする。充血して真っ赤に立ち上がった蕾を親指で弄りながら彼は笑った。

「あなたは指で中を弄られながら、この粒をこうやって指で擦られるのがお好きでしたよね」

言いながら、レイヴィンはミュリエルの蕾を強めに擦り上げる。

「あっ！　んっ、やぁ、だめ、そこは……っ」

ビクンと上体を揺らしながら、ミュリエルは嬌声を響かせた。

薬で高められて悦びの声をあげてしまう自分に絶望しながら、ミュリエルは身体の反応を止めることができなかった。無意識に動いてしまう腰も、ねだるようにうねって指を締めつける媚肉も、どうすることもできない。できるのはただ喘ぎ、身体をくねらせ、全身を苛む淫悦を享受することだけだった。

――や、だめ、なのに……！

熱を帯びた下腹部から、なじみのあるうねりがせり上がってきて、ミュリエルは身をぶるぶると震わせた。

「イきそうなのですね、ミュリエル。中の反応で分かります」

手を動かしながらレイヴィンがくすっと笑った。

「すごいですよ。いつもより中がうねって熱い。イキたいなら、イッていいですよ」

「や、レイヴィン、いやっ」

ミュリエルは追いつめられ、嫌々と首を横に振る。毎晩レイヴィンの愛撫によってイかされていたが、これは違う。何かがひどく違う。

今まではミュリエルの身体と心は連動していて、彼女が怯えれば熱は冷め、彼女が緊張すれば蜜口は固く閉じていた。けれど、催淫剤によって高められた身体は、ミュリエルの心を無視して、無理やり絶頂に導こうとしている。

「やめて、レイヴィン、や……あっ、ああっ！」

懇願をよそに、レイヴィンの親指が蕾をぐりぐりと押しつぶした。

脳天からつま先まで、ミュリエルの身体の中心を何かが通り抜けた。

次の瞬間、目の前がパチパチとはじけて、ミュリエルの中で何かが決壊した。

「や、ああ、ああああああ！」

頤《おとがい》を反らし、甲高い悲鳴を上げながらミュリエルは絶頂に達した。

「ああっ、あ、あ、ああっ」

高波に押し上げられて、嵐の海に突き落とされ、もみくちゃにされる。

ミュリエルの華奢な身体が何度もビクンビクンと痙攣した。それは長く続き、いつまで経ってもミュリエルは嵐の海から戻ってこられないでいる。

「はぁ、あ、あ、ぁ、あ」

意味の分からない喘ぎを漏らしながら、ミュリエルは何度も絶頂に追い上げられた。

「イキっぱなしというのはこういうことを言うのですね。ミュリエルの中、今もすごく蠢いていて、すごいですよ」

レイヴィンが何かを言っているが、ミュリエルの耳にはよく聞こえなかった。

「つぁ、あ、はぁ、あ、んンッ」

幾度となく絶頂に追い上げられたミュリエルは、身を震わせながら呆然と天蓋を見つめる。

頭の中が真っ白で、何も考えられなかった。

レイヴィンは指を引き抜くと、肢体を投げ出して絶頂の余韻に震えるミュリエルの膝の下を掬いあげるようにして抱きかかえた。臀部が浮き上がり、とろとろに蕩けたミュリエルの割れ目が露わになる。

己の肉茎に王家の秘薬を塗ると、その先端をミュリエルのしとどに濡れた割れ目にあてがい、ぬちゃぬちゃと前後させて混ぜた。十分に蜜がまぶされたところでレイヴィンはヒクヒクと震えて待ち望む入り口に嵩の張った部分を押し当て、淫靡に笑った。

「さぁ、ミュリエル。これであなたは名実ともに私の妻です」

「あっ……！」

興奮も冷めやらぬうちに、ミュリエルの蜜壺にずぶりとレイヴィンの先端が突き刺さる。いつもだったら、ミュリエルはここですでに痛みを覚え、レイヴィンもまた膣壁の狭さになかなか先に進めなくなるところだが、今日はいつもと違った。

ずぶずぶと音を立てて太い楔が小さな蜜口にめり込んでいく。

「ああっ……！」

ミュリエルの口から悲鳴にも似た声があがる。それは決して痛みのためではなく、襲い掛かってくる強烈な快感のせいだった。

圧迫感や違和感はあるのに、隘路を広げられる衝撃も、内臓を押し上げられるような苦しさもすべて快感に変換されていく。

「ああ、ミュリエル。あなたの小さな穴が一生懸命広がって私を受け入れてくださっていますよ」

「あ……ああ……」

レイヴィンの言葉に重たい頭をあげてそちらを見ると、太い肉茎が両脚の付け根にずぶずぶと埋まっていくのが目に映った。裂かれてしまうのではないかという恐れと、愛する夫の欲望を受け止めている悦びに背筋がぶるっと震える。

——ああっ、レイヴィンが入ってくる……！

やがて、儚い純潔の証を突き破り、レイヴィンの楔はミュリエルの奥深くまで達した。

臀部にレイヴィンの腰が当たるのを感じて、ミュリエルは自分が純潔ではなくなったことを知る。

「これで……もう無効になどできませんね、ミュリエル」

レイヴィンが囁きとともにミュリエルの唇に食らいつく。折り曲げられて息もできないほど苦しいのに、ミュリエルは唇を開いてレイヴィンの口づけを受け入れた。

「んっ……ふ……ぁふ……ん……」

舌を絡ませ、存分にミュリエルの咥内を味わうと、レイヴィンは顔をあげた。ミュリエルの顔の横に両手をついて、彼女と視線を合わせる。青い瞳と青銀の瞳が交差する。

レイヴィンはミュリエルの顔を見下ろしながら、ゆっくりと動き始めた。

「あっ……ぁあ、あ」

ずっ、ずっ、と粘着質な音を立てて、レイヴィンの怒張がミュリエルの蜜口から抜かれ、また音を立てて奥まで埋まっていく。そのたびに、全身に少なくない衝撃が走る。

「んんっ、あ、あっ」

たまらず、ミュリエルは顔の両側に置かれた腕を掴んだ。

絡みついた肉襞が中で擦れて、えも言われぬ快感が背筋を駆け抜ける。

「辛いですか？　苦しいですか？　それとも気持ちがよすぎておかしくなりそうですか？　俺はものすごく気持ちがいいです。あなたの中ですぐにでも子種をぶちまけたくなるくらいです。でも、簡単には終わらせてあげませんよ」

「ああっ、ああっ」

ぐりぐりと腰を回され、中を掻き回されるのと同時に彼の恥骨が花芯に当たって、これも擦られる。ミュリエルの口から嬌声がほとばしった。

「あああっ！」

「気持ちいいですか、ミュリエル」

ぐっぐっと中を抉りながらレイヴィンが尋ねる。ミュリエルは夢中で頷いた。

「きもち、いい……」

「もっと気持ちよくしてあげます」

ズンッと奥に楔を打ち込まれて、ミュリエルは悦びに全身を震わせた。膣壁が蠢き、猛った楔に絡みついていく。

「あ、んんっ、ん、あ、はぁ、ん」

奥を穿たれるたびに、ミュリエルの口から嬌声があがる。

もはやミュリエルの心に恐怖も怯えもなく、レイヴィンを避ける理由も頭に浮かばなかった。ただ、繋がった場所から湧き上がる強い快感と、自分を押しつぶさんばかりにのしかかってくるレイヴィンだけが、今のミュリエルにとってすべてだった。

「ミュリエル……」

「あっ、はっ。っぁ、あ、ふ、んンっ」

はたから見れば、体格の良い筋肉質の男性が、華奢で小柄な女性に覆いかぶさり蹂躙しているように見えるだろう。身体を折り曲げられ、上から突き刺すように送り込まれる太

い怒張を細い腰で受け止めているのだ。

表情も苦しそうで、涙の膜の張った青銀の瞳は、焦点を失い、何も見えていない。それでも、ミュリエルの口元に浮かぶ微かな笑みから、彼女がその息苦しさにさえ悦びを感じていることが見て取れる。

太い楔を穿たれながら、何度も絶頂に達するミュリエルは完全に薬に呑まれていた。揺さぶられ、ミュリエルは嬌声を上げ続ける。寝室に連れ込まれてから、どのくらい経つのか分からない。もうずいぶん長くこうして繋がっている気がする。

——いっそ、ずっと永遠に繋がっていたい……。

そんなことをぼんやりと思った頃、急にレイヴィンの動きが激しくなり切羽つまったものになった。彼も限界が近いのだろう。

ミュリエルの上で、顔から時折ポタポタと汗を落としながら、レイヴィンは歯を食いしばっていた。

「ミュリエル、そろそろっ、あなたの中にっ……」

「あっ、んっ、はぁ、ああっ」

ぐっと奥まで楔が押し込まれ、あまりの質量にミュリエルの息が苦しくなった。

「んんっ……」

苦しさの中で喘ぎながらも、ミュリエルの足がレイヴィンの腰に絡みつく。まるで促すようなその動きに、レイヴィンの欲望が弾けた。

「くっ……！」

歯をギリッと噛みしめながらレイヴィンはミュリエルの奥深くを抉り、そのさらに奥に続く女性の子宮をめがけて、己を解放した。

「うっ……」

「あ、あああっ！」

自分の胎内に注ぎ込まれる……いや、噴き出すように叩きつけられる熱い飛沫に、ミュリエルは背中を反らして再び絶頂に達した。

何度もドクドクと注ぎ込まれる熱い子種を、ミュリエルは身体を震わせながら受け止める。秘薬によって高められた胎内は、悦んで白濁を呑み込んでいった。

「あ……、ん……あ、あ……」

荒い息を吐きながら、ミュリエルは空を見つめる。その青銀の瞳は何も見えておらず、ぼんやりしていた。

ミュリエルの中にすべて欲望を注ぎ込んだレイヴィンは、深い息を吐き、身を起こす。けれど、その肉茎はミュリエルの中に埋められたままだ。

レイヴィンは繋がった場所から零れ落ちる液体に、赤い色が混じっていることに気づいてうっとりと笑った。

秘薬の影響か、硬さを失わなかった肉茎がみるみるうちに力を取り戻していく。

「あ、んっ……！」

力の抜けたミュリエルの身体を、繋がったままくるりとうつぶせにさせると、薄紅色の唇から喘ぎ声が漏れた。

「あっ、はぁ……、ぁん、んんっ」

「まだ終わっていません。ミュリエルもまだ足りないでしょう？　満足するまでつきあっていただきますから」

後ろから、再びミュリエルの中を犯しながらレイヴィンは笑った。

「ああっ、んぁっ、あ、んンっ」

ミュリエルは嬌声を響かせながら涙を流した。薬によって高められた身体はレイヴィンを受け入れ、悦びの声をあげる。

けれど、ミュリエルの心に喜びはなかった。

# 第六章　ハルフォークの青銀

「ん……」

うとうととしていたミュリエルは、頬に触れる手の感触にぶるっと身を震わせた。知らず知らずのうちに脚の付け根からトロリと蜜が零れ落ちていく。敏感な身体はそれすらも感じてしまい、声が漏れた。

「ぁあ……」

「眠っているのに私が触れると感じるんですね。可愛いなぁ。どんどんイヤらしい身体になって……教え甲斐があるというものです」

くすくす笑う声が降ってくる。

「またあなたを抱きたくなってしまう。……ですが、残念ながらその時間はないようです。ミュリエル」

頬を再び触られて、ミュリエルはうっすらと目を開けた。ベッドの脇に立っているレイヴィンの姿が目に入る。レイヴィンは騎士団の制服に身を包んでいた。

「起こしてすみません、ミュリエル。城から緊急で呼び出されました」

「城？　緊急？」

寝起きで頭がぼうっとしていて、ミュリエルはレイヴィンの言っていることがなかなか理解できなかった。

「何か起こったようです。私は行かなければならないので、あなたの世話はモナに頼みました。私が留守にしている間、ゆっくり休んでいてください」

「ん……」

返事ともいえない声を漏らすと、レイヴィンはくすっと笑った。彼は屈みこんでミュリエルの額にキスを落とす。

「行ってきます」

去っていくレイヴィンの背中をぼんやりと見送り、彼の姿が見えなくなると、ミュリエルは再び目を閉じた。

次に目を覚ました時、寝室にはモナがいた。モナはミュリエルが目覚めたことに気づき、安堵の笑みを浮かべた。

「姫様、目が覚めましたか？」

「モナ……？」

呟いた声は掠れていた。

当然だ。夜会から帰ってきてからずっとレイヴィンに抱かれ続けたのだから。

レイヴィンは王家の秘薬を使い、昼夜を問わずミュリエルを貪っていた。揺さぶられ続けている間、ずっと声をあげていたのを覚えている。

記憶があちこち飛んでいるが、レイヴィンと繋がっていなかったのは、眠っている時か、彼に身体を洗われ、食事を手ずから食べさせられていた時だけだったように思う。

確かなことは、いつだって彼の大きくて温かな身体が傍らにあったということだ。

「おかわいそうに、姫様。今すぐ喉に効く薬湯をお持ちしますね」

モナはミュリエルが身を起こすのを手伝うと、背中に枕をいくつも重ね、彼女を寄りかからせた。ミュリエルがその枕に背中を預けて心地よさに浸っていると、薬湯がのったお盆を手にモナが寝室に戻ってきた。

「どうぞ。喉に負担がかからないように、ぬるめにしてもらいました」

「ありがとう、モナ」

ミュリエルは薬湯を受け取り、少しずつ喉に流し込んでいく。ほんのり甘くて薬草の香りのする薬をのんでいくうちに、ぼんやりしていた頭が次第にはっきりしてくるのを感じた。

「モナ。今は何日？　夜会からどれほど時が過ぎているの？」

「あれから二日以上過ぎております。今は三日目の朝です」

「レイヴィンが城に呼び出されていったのは……」

「昨日のことです。まだお戻りになっておりません」

「昨日の……？」

と言うことは、結婚式以来、必ず夜には戻ってきていたレイヴィンが、一晩中留守にしたということになる。一体、何があったのだろう？

「モナ。なぜレイヴィンは城に呼び出されたの？　休暇だったはずなのに」

「何でもデュランドル皇国から使者が来て、皇太子のボルシュ様が急遽帰国されることになったそうです」

「ボルシュ殿下が……帰国？」

「はい。それでボルシュ様とそのご一行がこの国を出るまで、騎士が何人か護衛をすることになったらしいのです」

城や王族の警備を維持しながらボルシュの護衛に何人か割くのは容易ではない。場合によっては一から騎士たちのシフトを組み直し、手配しなければならないのだから。

「休暇中のレイヴィンが呼び出されるわけだわ」

レイヴィンにとっては休暇を台無しにされて災難かもしれないが、ミュリエルの身体にとってはありがたいことだった。

それに、ボルシュが帰国すると聞いて、ミュリエルはホッとしていた。帰国してしまえばしばらく顔を合わす機会はないだろう。

今となっては彼の手を取ることはできない。もうミュリエルとレイヴィンの結婚を無効にすることは不可能だし、するつもりもない。

——お姉様とレイヴィンがたとえ想い合っていたとしても、私は彼を諦めることなどできない。

その時、ふとレイヴィンの言葉を思い出し、ミュリエルは眉を寄せた。

――レイヴィンとお姉様が恋人同士というのは……。

レイヴィンはエルヴィーネと恋人同士だったことはないと断言した。ミュリエルは今度こそそれを信じたい。

それに、冷静になって考えてみれば、夜会でボルシュが言っていたことは少し変だ。

もし恋人同士だったとしたら、あの父王がわざわざ二人の仲を裂いてまでエルヴィーネとボルシュの結婚を決めるだろうか？　そして代わりにミュリエルを押しつけるだろうか？

確かに父王は一国の王として非情な判断をすることもあるが、デュランドル皇国との政略結婚は娘の気持ちを踏みにじってまでするほど重要なことだろうか？

デュランドル皇国とは距離も離れているし、同盟関係を結んでいるわけでもない。政略結婚をする利点は少ないと言える。それなら国内の有力貴族の一つであるブラーシュ侯爵家に嫁がせた方がよっぽど父王にとって得になったはずだ。

ボルシュの言っていることに説得力はない。

――あの人はなぜあんなことを言ったのかしら？

「姫様、差し出がましいことを尋ねますが……」

薬湯を手に、あれこれ考えているミュリエルに、モナが遠慮がちに声をかけた。

「一体、夜会で何があったのです？　レイヴィン様は突然、姫様を寝室に閉じ込めて出さないし、私たちには何がなんだかさっぱり……」

「……心配かけてごめんなさい、モナ」

ミュリエルは迷ったものの、夜会であったことをモナに話すことにした。世間知らずなミュリエルでは分からないことも、モナだったら気づくこともあるのではないかと考えたのだ。

話を聞いたモナはやはりミュリエルと同じところが引っ掛かったようだ。

「ボルシュ様のおっしゃっていることは変ですね。確かに、一部の使用人の間でレイヴィン様がエルヴィーネ様の降嫁を願ったという噂がまことしやかに流れていたのは知っています。けれど、レイヴィン様や王族方の周囲で信じている者はいないですし、エルヴィーネ様がそのことに関してはきっぱり否定していらっしゃいましたもの」

「お姉様が？」

「はい。それに私が見る限り、レイヴィン様はエルヴィーネ様に恋愛感情は抱いていないと思います。確かに親しそうですが、昔からよく知っている相手だからだと思います。それに何より、レイヴィン様はエルヴィーネ様のことをミュリエル様のように見ておりません」

「私のように？」

「レイヴィン様は姫様を愛おしそうな目で見ておりますわ。可愛くて仕方ないと言うように。最初は姫様がお小さいからだと思っていたのですが、大人になっても変わりませんでした。むしろ、ますます熱っぽい目で見ておりましたわ。気づきませんでしたか？」

「き、気づかなかったわ」

本当にレイヴィンはそんな目でミュリエルを見ていたのだろうか？

最初からそうだった？　レイヴィンは同情だけでミュリエルに騎士の誓いを立てたわけではなかったのだろうか。

確かに、秘薬を使って無理やり身体を奪われたことには傷ついた。けれど、レイヴィンがミュリエルの気持ちを無視したのはその時だけだ。彼はいつだってミュリエルの気持ちを尊重し、守ってくれた。

言葉はなくても、ミュリエルはレイヴィンの愛情と思いやりにずっと支えられていたのだ。

ミュリエルは決心し、顔を上げてモナを見た。

「……モナ。私、レイヴィンと話がしたいわ。夜会から帰ってきて話す機会がなかったけれど、私たち、ちゃんと話し合わないといけない。お姉様とも。そうじゃない？」

「はい。姫様。お二人はちゃんと話し合われた方がいいと思います」

モナはにっこり笑う。ミュリエルも頷いて微笑み返した。

「支度を手伝って、モナ。城へ、レイヴィンとお姉様に会いに行くわ」

「はい！」

着替え終わったミュリエルはモナと一緒に部屋を出た。玄関ホールに向かって歩いていくうちに、いつもと様子が違っていることに気づく。

「……騎士たちがいないわ」

いつも要所に立ち、屋敷を警備していた騎士たちの姿が見えないのだ。

「何かあったのかしら？」

「おかしいですね。朝は普通にカストルさんたちがいたのですが……」

玄関ホールに出ると、困惑顔のコナーが立っていた。

「コナー、何かあったの？」

「ああ、奥方様。すみません。屋敷を守る騎士たちが交代になったのですが、替わりに来た騎士たちが控え室から出て警備をする様子がまったくないのです」

コナーによれば、しばらく前にレイヴィンの指示で騎士団の第八小隊がやってきて、屋敷の警備をカストルたちと交代したのだが、騎士たちの控え室として使っている部屋に入ってから、誰も出てくる気配がないのだという。

「誰も、一人として出てこないの？」

眉を寄せながらミュリエルは尋ねる。するとコナーは玄関の扉を見ながら首を横に振った。

「あ、いえ。小隊長だとおっしゃる方は今外に出てらっしゃいます。騎士団の紋章が入った馬車が門の外に停まったのを見て、確認に行くと言って……」

「もしかしたら、その小隊長の指示がないから騎士たちは控え室に留まっているのかもしれないわね。いいわ、その小隊長と話をして――」

その時だった。玄関の扉がいきなり開いて、騎士の姿をした三十代半ばの男性が息せき切って現れた。

「ミュリエル様？　ちょうどよかった。今、報告がありまして。大変なことが起こりました！」

「彼が第八小隊の隊長です」

コナーがミュリエルに耳打ちする。

「大変なこと？　何が起こったのです？」

「外に停まっていたのは、アリスト殿下に遣わされた馬車でした。騎士が馬を引いていて、彼が言うには、副総長が不敬罪に問われて投獄されたと――」

「と、投獄!?」

ミュリエルは目を見開く。モナやコナーも唖然としていた。

――投獄？　レイヴィンが？　一体どうして？

「詳細は分からないそうです。とにかく、アリスト殿下の馬車で、ミュリエル様に至急城に向かってほしいとのことです」

やりとりが聞こえたのか、使用人たちが続々と玄関ホールに集まってくる。皆、一様に不安そうな顔をしていた。ミュリエルももちろん不安だった。だが、不安がっている場合ではない。ミュリエルには責任がある。主人の不在にかかわらず、屋敷の差配をするのは妻の役目だ。

「分かったわ。行きます」

小隊長に返事をすると、ミュリエルはコナーに向き直った。

「コナー、詳細が分かったらすぐに知らせるから、私が戻ってくるまで屋敷を守っていて」

コナーは不安な面持ちながら、しっかりと頷いた。

「承知いたしました、奥方様。旦那様と奥方様が戻られるまで屋敷のことは私どもにお任せください」

「頼んだわ。行くわよ、モナ」

ミュリエルはモナを伴って玄関を出る。確かに小隊長の言うように、門の外には騎士団の紋章の入った黒っぽい馬車が待機していた。騎士の服を着た男性が御者台に座っている。後ろから小隊長がついてきて、ミュリエルとモナが馬車に乗るのに手を貸した。

「ありがとう」

「行ってらっしゃいませ、殿下。屋敷のことはお任せください」

扉が閉まり、馬車が動き始める。それを見送る小隊長が歪んだ笑みを浮かべていることに、ミュリエルたちが気づくことはなかった。

＊＊＊

第八小隊と屋敷の警備を交代し、城に向かっていたカストルとディケンたちは難しい顔をしていた。

『副総長のご指示だ。この屋敷の警備は俺が率いる第八小隊が受け持つことになった。お前たちは城へ戻り、ボルシュ殿下の護衛で城を離れた第一小隊の代わりに、主居館の警備につけとの仰せだ。分かったらさっさと支度して城へ向かえ』

上官の騎士にそう言われて渋々交代したものの、どうにも腑に落ちなかった。

確かに小隊長の言っていることは筋が通っていたが、一つおかしな点があった。

ミュリエルの警護と屋敷の警備をするにあたり、レイヴィンは慎重に人選をした。ミュリエルと顔を合わせたことがあり、彼女に好意的な騎士を選んで警護の任に就かせたのだ。彼女を傷つけることがないようにという配慮だ。

それなのに火急のこととはいえ、ミュリエルとまったく面識のない第八小隊と交代させるだろうか。

「やっぱり何か変だ」

ディケンは馬を止めた。

「嫌な予感がする。俺は屋敷に戻ることにするぞ」

言いながら馬首を巡らせると、カストルが心得たというように頷いた。

「お前たちは先に屋敷に戻ってくれ。俺は城まで行って副総長に直接確認してくる」

「分かった。頼んだぞ！」

カストルが馬を走らせ城に向かうのを見届けて、ディケンをはじめ他の騎士たちはブラーシュ侯爵邸に戻っていった。

全速力で馬を走らせ、城に到着したカストルはレイヴィンを捜し、アリストの部屋へ向かった。

王族の部屋を訪れる時は、先触れを出して伺いを立てるのが常識だ。だが、そんな悠長なことをしていたら、万が一の場合間に合わなくなる。懲罰を受けるのも覚悟でカストルはアリストの部屋へ突進した。

この時、レイヴィンとアリストはちょうどデュランドル皇国一行の動向について報告を受けていた。今朝城を出発したボルシュたちは王都を離れ、北の街道を進み、第二の都市の近くに差しかかっていると連絡が入ったのだ。

「今のところ順調ですね。護衛につけた騎士たちの報告だと、特に変わった動きもないとのことです」

「だからと言って油断はできないよ。あの男がそう簡単に諦めるとは思えない。八十年前だって、あの国は諦めたと見せかけて、曾おばあ様を攫う計画を立てていた。未然に防げたものの、その後何年にもわたって隙あらばと狙っていたそうだからね」

アリストの指摘にレイヴィンは頷いた。

「今度も警戒を怠らないようにします」

カストルが部屋に飛び込んできたのはその直後のことだった。

「失礼します、副総長はおられますか！」

「カストルじゃないか。何かあったのか？」

汗だくになって部屋に入ってきたカストルのただならぬ様子に、レイヴィンは椅子から立ち上がる。その質問には答えずにカストルはレイヴィンに次から次へと質問を浴びせた。

「副総長！　我々と交代させるために第八小隊を送りましたか？　我々に城へ戻れと指示しましたか？」

レイヴィンは目を見張る。

「なんだ、それは。そんな指示は出していないぞ」

次の瞬間、カストルの口から罵りの言葉が飛び出す。それは第八小隊の小隊長へ向けたものであり、うかつに騙された自分たちへ向けたものだった。

「何があった？　説明しろ、カストル！」

「申し訳ありません、副総長。我々の失態です」

交代要員として第八小隊がやってきたこと、騙されて彼らに屋敷を任せて出てきてしまったことをカストルから伝えられたレイヴィンは、舌打ちすると部屋を飛び出した。カストルが慌ててその後に続く。

一方、部屋に残されたアリストは目を細めて机の上に広げた地図を凝視していた。

おそらく、今頃は警備が手薄になった屋敷から、何らかの方法でミュリエルは攫われているだろう。

「帰国の途についた皇太子一行はこちらの目を欺くための陽動か。きっと別働隊がいるな。そして、皇太子の一行が北に向かっているのであれば、おそらく別働隊は……」

アリストは椅子から立ち上がると、脇に控えていた護衛の騎士に命じた。

「グレーフェン騎士団の第二小隊から第五小隊に出撃命令を。僕が出る！」


レイヴィンがブラーシュ侯爵邸に飛び込んだ時、玄関ホールではディケンたちが小隊長を床に倒して押さえつけていた。その後ろでは執事長のコナーと家政婦長のフリーデが険しい顔で小隊長を睨みつけている。さらにその後ろでは第八小隊の騎士たちがおろおろとしながら成り行きを見ていた。

ディケンが小隊長を押さえこみながら、怒りに満ちた声でレイヴィンに報告する。

「副総長、こいつ、金と引き換えに殿下と我々を裏切ったようです」

小隊長は最近になって賭け事に嵌まり、かなりの額の借金を抱えていたようだ。とうとう首が回らなくなり、騎士団にバレるのも時間の問題となったちょうどその頃、デュランドル皇国から来た皇太子の従者に、取引を持ちかけられたという。

大金と引き換えに、ミュリエルをブラーシュ侯爵邸から連れ出し、彼らの用意する馬車に乗せるというものだ。小隊長はその取引に応じ、偽装のために本物の騎士団の制服を、デュランドル皇国の従者に貸し与えたという。

小隊長は、自分のしたことはすぐに発覚し、捕まるだろうと予想していた。だから、ミュリエルを馬車に乗せた後、部下たちを放って単身で逃げようとしていたようだ。ところが、逃げ出してすぐ、侯爵邸に戻ったディケンたちとバッタリ遭遇し、取り押さえられたという流れだった。

レイヴィンは床に引き倒されている小隊長を冷たく見下ろし、氷のような口調で告げた。

「お前の処分はあとで行う。軽い罰ですむとは思うな」

小隊長は床に顔を押しつけられながらぶるっと震えた。それほど恐ろしく冷たい声だった。

「ディケン、コナー、この男を縛って逃げ出せないようにして部屋の一室に閉じ込めておけ。第八小隊にはあとで一人一人話を聞く。それまで控え室に入って一歩も外へ出るな。逃げ出そうとした者は小隊長と共犯とみなす」

「は、はいっ」

第八小隊の騎士たちは控え室に慌てて戻っていった。

あとのことはディケンに任せ、ミュリエルを助けるために踵を返したレイヴィンにコナーが声をかける。

「旦那様！　奥様を乗せた馬車は南の方へ向かったそうです！」

「分かった。しばらく後にカストルが到着すると思うから、彼にもそのことを伝えて、手が空いた者と一緒に来るように伝えてくれ」

「承知いたしました。どうかお気をつけて。そして必ず奥様を……！」

無言で頷くと、レイヴィンは屋敷を飛び出していった。

＊＊＊

馬車が城とはまったく反対の方向に進んでいることにミュリエルたちが気づいたのは、出発してから少し経ってからだった。

最初はどこかで方向転換するのかと思っていたが、馬車はどんどん城から離れていく。

「城に向かうのではないんですか？　道が違っていますよ！」

御者台にいる騎士に向かってモナが声を張り上げるが返事はなく、馬車も停まる気配がなかった。

「絶対聞こえているはずなのに。明らかにおかしいです」

モナが窓の外を見ながら不安そうに呟く。

「街を取り囲む城壁が見えます、姫様。このままだと王都から出てしまいますわ」

結婚するまで城から出たことがなかったミュリエルと違い、モナは地方出身で、王都に出てきた身だ。休暇の時に時々街にも下りていたので、王都の地理にも明るかった。

「一体どうなっているの……」

ミュリエルは胸もとでぎゅっと両手を握りしめた。いくら世間知らずでも、自分たちが騙されたことに気づかないほどバカではない。

——きっと、レイヴィンが投獄されたというのも、私を屋敷から出すための嘘だったんだわ。

投獄されたと聞かされた時は驚いて何も考えられず、あの小隊長に言われるまま馬車に乗ってしまったが、冷静になってみればおかしいことだらけだ。

レイヴィンが投獄されてアリストが迎えに馬車と人をよこしたというが、兄ならばミュリエルに心配をかけまいと極力彼女には知らせないようにしただろう。

騎士団の馬車を迎えによこすのも変だ。アリストなら王家の馬車を使うし、呼び出すだけなら侯爵家の馬車を使うように指示するだろう。ミュリエルを彼女だと知られないように城に招き入れる必要があったのなら別だが、その場合も、彼女がよく知っていて信頼できる騎士をよこしたはずだ。

御者台に乗っていた騎士に見覚えはない。本当に騎士かどうかも分からない。屋敷にいた小隊長は騎士を見ても何も不審に思わなかったようだが、そもそもあの小隊長がこの一件に関与しているのだとしたら。

──一体、誰がこんなことを……？

かなり大がかりで周到な計画のように見える。少なくとも並の貴族では不可能だろう。だとすれば、それだけの権力と財力を持った高位の貴族か、王族……。

ミュリエルの脳裏にデュランドル皇国の皇太子ボルシュの顔が浮かんだ。

──でもまさか、他国の王族が、それも皇太子ともあろう者が、もう王女でもない私を攫うかしら？

確かに夜会でレイヴィンとエルヴィーネのことを持ち出し、結婚を無効にするようにミュリエルに言ってきたが、それはあくまで「グレーフェン国の王女」であればの話だ。ブラーシュ侯爵夫人であるミュリエルを攫っても何にもならない。

「姫様、大丈夫です。姫様は必ず私がお守りします」

モナがミュリエルの手を両手で包んで勇ましい口調で言った。けれどミュリエルはその手が小刻みに震えていることに気づいていた。

「ありがとう、モナ。あなたがいてくれて心強いわ」

答えながらミュリエルはどうにかしてモナを守らなければと考えていた。

これだけ大がかりな方法でミュリエルを攫ったのなら、自分がすぐ殺されることはないだろう。しかしモナは別だ。ミュリエルを誘拐するのに邪魔だと判断されたら、何をされるか分かったものではない。

──どうにかモナだけでも逃がす方法はないかしら？

けれど、馬車の客車は外側から開けることができないし、そもそも走っている馬車から飛び降りたら大けがをしてしまう。チャンスがあるとしたら、馬車が停まった時だ。

——いくらなんでも、ずっと走りっぱなしということはないはず……。

だが、王都の城壁を抜けても、馬車は停まる気配を見せなかった。

王都の南側の郊外には広い森が広がっている。森を突っ切る形で街道が整備されているが、北の街道や、東西の街道に比べると人通りは少ない。近くに住む農家の者が王都の市場へ農作物を運ぶために森の中の街道を利用しているはずだが、この日は時間帯がずれているのか、ほとんどすれ違うこともなかった。

「この馬車はどこに向かっているのでしょうか？」

街道の両脇に広がるうっそうとした木々を窓越しに見ながら、モナが不安げな声を出した時だった。急に馬車の速度が落ち、やがて停まった。

——こんなところで停まるなんて。

停まった理由はすぐに分かった。街道の脇にもう一台別の馬車が待機していたのだ。馬車の周囲には武装して馬に乗った男たちが五、六人ほど待機していた。

騎士の姿をした御者が降りてきて、客車のドアを開ける。

「別の馬車に乗り換えていただきます」

「姫様……」

「……ここにいても仕方ないわ。出ましょう。モナ」

緊張のあまりこわばった声で指示すると、モナはしぶしぶと頷いた。

馬車を降りたミュリエルは、もう一台の馬車の近くに立つ男を見て目を見開く。そこにいたのは質素な従者の身なりをしているが、確かにボルシュだった。

――やっぱりこの人だったのね。

「ようこそ、ミュリエル。あなたを我が国にお連れするため、迎えに参りました。その馬車では目立ちすぎるので乗り換えていただきます」

ミュリエルと目が合ったボルシュは微笑む。モナがサッとミュリエルの前に出て庇った。

「姫様には指一本触れさせませんから！」

「勇ましいことですね。見上げた忠誠心ですが、あなたを連れていくことはできません」

「っ、モナに手を出さないで！」

とっさにモナの前に出るとミュリエルは毅然として言った。

「モナを傷つけないで逃がしてくれるのなら、私は大人しくその馬車に乗ります」

「いけません、姫様！　私のためになんか！」

「私なら大丈夫よ、モナ」

ミュリエルは振り返ってモナに微笑んでみせると、すばやく小声で命じた。

「モナ、必ず無事に逃げてレイヴィンにこのことを伝えてちょうだい」

「姫様……」

「いいわね、頼んだわよ」

「……分かりました。姫様、必ずやレイヴィン様にお伝えします」

モナは目に涙をためて頷いた。

「麗しい主従愛ですね。ですが、あなたが抵抗しないでくれるのはありがたい。いいでしょう。その娘に手出しはしないと誓います」

にっこりとボルシュは笑う。ミュリエルは不承不承頷いた。

「ならば、大人しく従います。……行ってくるわね、モナ」

最後にミュリエルはモナの手をぎゅっと握って放すと、少しでも時間を稼ぐために、ボルシュに向かってゆっくりと歩く。

ボルシュは近づいてくるミュリエルに手を差し出した。

それは夜会の日の再演のようだった。けれど、ミュリエルは揺るがない。レイヴィンを信じようと決めているし、何より、こんな暴挙に出たボルシュに怒りを覚えていたからだ。

――この人の思い通りにはさせない。

ミュリエルはボルシュの前に立った。その時ふと、ボルシュだけでなく周囲に立っている彼の兵士たちが皆、自分に注目していることに気づく。ミュリエルがボルシュの手を取るか見ているのだ。

――今だわ！

「モナ、行って！　逃げなさい！」

「は、はい！」

ミュリエルの大声に弾かれたようにモナが走り出す。王都の方角へと。

「あっ……！」

兵士の一人が剣を手に追いかけようとしたが、それを制したのはボルシュだった。

「いい。追うな」

「しかし……」

「『ハルフォークの青銀』との約束だ。違えるのは私の名誉に関わる。あの娘は捨て置け」

――『ハルフォークの青銀』？

聞きなれない言葉にミュリエルは眉を寄せる。だが、それを深く考えている暇はなかった。ボルシュが兵士からミュリエルに視線を戻して言ったからだ。

「これでいいですかな、ミュリエル。それでは馬車に乗っていただきましょう」

「……ええ」

差し出された手を無視してミュリエルは客車のステップに足をかけて自分で馬車に乗り込んだ。

馬車には紋章がついておらず、外観も質素で、誰の所有物か分からないようになっていた。ところが客車の中は思いのほか豪華で、心地よく長旅ができるように整えられている。

皇太子の一行が乗ってきた馬車には、すべてデュランドル皇国の紋章がつけられていたはずだ。つまり、ボルシュはわざわざこの馬車をグレーフェン国側に知られないように密かに持ち込んでいたということになる。

一日や二日で用意できるものではないので、かなり前の段階から用意していたのだろう。

――分からないわ。これほど大がかりなことをして私を攫う理由はどこにあるの？

ボルシュが馬車に乗り込んできて、ミュリエルの向かい側に腰を下ろす。彼は口を引き結ぶミュリエルを見て、くすっと笑った。

「もっと大人しい性格かと思っていたが、意外に気が強いのだね」

ミュリエルは答えずにボルシュを睨みつける。

一人になってしまったことでかえって肝が据わったのか、それとも怒りが恐怖を吹き飛ばしたのか、ミュリエルは自分でも驚くほど冷静だった。

――いいえ。肝が据わったからでも怒りを抱いているからでもないわ。

レイヴィンが助けてくれると信じているからだ。モナは必ずレイヴィンのところへたどり着いてミュリエルの身に起きたことを伝えるだろう。

――レイヴィンは絶対に私を助けに来てくれる。だって私を守ると騎士の名にかけて誓ったのだから。

ガタンと音を立てて馬車が動き始める。小さな窓から外を見ると、馬に乗ったボルシュの部下たちが、馬車を護るように取り囲んでいた。

ボルシュはミュリエルの考えを読んだかのように笑った。

「助けがくると思っているなら諦めた方がいい。なぜ私があの娘を始末せずに見逃したと思いますか？　たとえあの娘が犯人は私だと名指ししたところで、グレーフェン国側ではどうにもできないと分かっているからですよ」

自信満々の様子にミュリエルは眉を上げる。

「……それはどういうことですか？」

「簡単なことですよ。デュランドル皇国の皇太子ボルシュは帰国のために今朝城を発った。グレーフェンの騎士たちに護衛されながら、北の街道を順調に進んでいる。この意味が分かりますか？　つまり、いくらあの娘がミュリエルを攫った犯人が私だと証言しても、すでに帰途についているボルシュ皇太子には不可能だと証明できるわけです」

だからこのタイミングで攫ったのかと合点がいった。モナの証言を聞いて父王やアリストがデュランドル皇国に抗議したとしても、言いがかりだとはねつけられて終わりだ。

ミュリエルは唇を噛んで、弱気になりかけた自分の心を叱咤する。

――いいえ、ミュリエル。諦めるのはまだ早いわ。

他国に入ってしまえば、レイヴィンたちがミュリエルを見つけ出すのは難しくなるが、幸いにもまだここはグレーフェン国内だ。

――絶対にレイヴィンは間に合う。彼は絶対に助けてくれる。

今のミュリエルにできることは、彼らの邪魔をして、少しでも帰国を遅らせることだ。

それにはまず知らなくてはならないことがある。

ボルシュの目的だ。

「一体、なぜあなたはこんなことをしてまで私を攫ったのです？」

夜会の時、ボルシュはエルヴィーネではなくミュリエルに縁談を申し込んだと言ったが、それもおかしな話だった。彼がミュリエルにこだわる理由はなんだろうか。

「私は確かに王女だけれど、今は降嫁した身で、政治的価値はまったくないわ」

「アハハハ、価値がないだって？」

急にボルシュが笑い出した。まるで、ミュリエルが変なことを言ったかのように。

「何がおかしいのですか？」

「ああ、すみません。あなたは本当に何も知らないのですね」

ひとしきり笑うと、ボルシュは手を伸ばしてミュリエルの青銀の髪に触れようとした。とっさにミュリエルは頭を反らしてその手を避けたが、ボルシュは構うことなく彼女の髪を掬いあげた。

「あなたのこの青銀の髪と瞳は『ハルフォークの青銀』と呼ばれているもので、ハルフォーク帝国を支配していた王族の特徴なのです」

「ハルフォークの青銀……ハルフォーク帝国の……王族？」

「そうです。あなたも聞いたことがあるでしょう。かつてこの大陸に君臨していたハルフォーク帝国のことを。その王族は神の子と呼ばれ、不思議な力で人々を魅了し、この広大な大地を支配していた。彼らの存在があったからこそ、ハルフォーク帝国は長きにわたってこの大陸を支配できたと言ってもいい。そんな王族のもと、帝国の繁栄は永遠に続くかと思われた。ところが――」

「内乱が起きて、ハルフォーク帝国は分断された、ですよね。それは習いました。この国もその時に独立を果たしたうちの一つですから」

「ええ。皮肉にも互いを殺し合って自滅してしまった。内乱後『ハルフォークの青銀』を持たない傍系の者が王位についたが、人心を掌握できずに反乱や独立を許してしまい、ハルフォーク帝国は崩壊。王に残ったのはかつての王都周辺の領地のみでした。それが我がデュランドル皇国の前身です。我々はハルフォーク帝国の末裔なのです」

傍系の王に残されたのはわずかな領土とハルフォーク王族の血筋だけ。国名をデュランドル皇国と改めた後も、皇王家はハルフォーク帝国の末裔であることを誇り、尊き血を残すために近親婚を繰り返していた。『ハルフォークの青銀』を生みだし、かつての栄光を取り戻すために。

「その甲斐あってか昔はまれに『ハルフォークの青銀』を持つ子が生まれていたそうです。『ハルフォークの青銀』が皇王家に誕生すると、デュランドル皇国はかつての勢いを取り戻し、隣国を制圧し領土を広げた。けれど『ハルフォークの青銀』がいなくなってしまえば、国力が弱まる。我がデュランドル皇国が強国であり続けるには、どうしても『ハルフォークの青銀』が必要なのです。けれど、時が進むにつれて青銀の髪や瞳を持つ王族が生まれにくくなってしまった。ここ数百年ほど『ハルフォークの青銀』は誕生していませんせん」

皮肉なことにハルフォーク帝国の末裔を誇っていたために『ハルフォークの青銀』を持

たないデュランドル皇王の求心力は衰えていく一方だった。

「ところが八十年前、遠い辺境の地で『ハルフォークの青銀』が見つかった。かつてハルフォーク帝国の王女が嫁いだ地に脈々と受け継がれていたのです。……そう、あなたの国、あなたの一族ですよ、ミュリエル」

ミュリエルを見つめるボルシュの黒い瞳にギラギラとした光が宿っていた。

「八十年前って……もしや曾おばあ様の……」

呆然とミュリエルは呟く。

「ええ、そうです。八十年前、辺境の地を訪れた我が国の貴族が、たまたま出席した舞踏会で、社交界デビューしたばかりの王女を見かけました。貴族は腰が抜けるほど驚いたそうですよ。王女が青銀の髪を持っていたのですから。すぐに当時のデュランドル皇王――私の曾祖父は王女を娶ろうと親書を送りました。けれど断られてしまった。王女は国王のたった一人の子どもで、女王になることが決まっていたからです。ならばと皇王の弟を王女の夫に据えようとしたのですが、これもうまくいきませんでした。すでに王女の相手が決まっていたからです。その後も何度か曾祖父は『ハルフォークの青銀』を手に入れようと画策したのですが、これも失敗に終わったそうです」

八十年前、先々代の女王の時代に騒動が起こったというのは知っていた。その騒動がどういうものであったか、詳しくは誰も教えてくれなかったが、今分かった。

――このことだったのだわ。だからお父様たちは……。

ミュリエルはなぜ自分が公の場に出されることがなかったのか、隠されるように育てられ、ベールを被るように言われ続けていたのか理解した。

ハルフォーク帝国の王族の特徴を持って生まれたミュリエルを、いらぬ争いから守るためだったのだ。

「私は幸運に恵まれている。私の時代にミュリエル、あなたという完全なる『ハルフォークの青銀』が現れたのだから！　曾祖父は強引にことを運ぼうとして失敗したが、私は失敗しない。あなたを娶る話は断られたが、奪い取るための足がかりとしてエルヴィーネと婚約し、この国に堂々と足を踏み入れることができた」

熱に浮かされたようにボルシュは語る。

「できれば穏便な形でデュランドル皇国に連れて帰りたかったが、仕方ない。どんな形であれ、手に入ればいい。さすがに誘拐となるとあなたを皇太子妃にするのは無理だが、なに、遠縁の娘だということにすればいい。幸いあなたは顔を知られていないから誰も疑問に思わないだろう」

悦に入ったように笑うボルシュを見てミュリエルはゾッとした。彼の目は普通ではない、これは妄執にかられた人の目だ。

「たかが髪と瞳の色に過ぎないのに……」

怯みながら呟いたミュリエルの言葉を拾い、ボルシュは不快そうに片眉を上げた。

「あなたは『ハルフォークの青銀』の意味と価値をご存じないようだ。辺境の地ではハルフォーク帝国も青銀の色を持つ王族も遠い昔のおとぎ話に過ぎないでしょう。でもデュランドル皇国をはじめ大陸の中央にある国々では違う。未だに『ハルフォークの青銀』は大きな意味を持っている。恐れているのですよ、神の子の力を！　かつてハルフォーク帝国に逆らい、消されていった数多《あまた》の国の二の舞になることを！　彼らは『ハルフォークの青銀』を前に、自ら膝を屈するでしょう。『ハルフォークの青銀』を手に入れて戦争の旗印にすれば大陸統一も夢ではないのです」

――戦争の旗印ですって？　そんなことになったら、グレーフェン国も否応なく戦争に巻き込まれてしまう！

『ハルフォークの青銀』を生みだした国を、諸外国が放っておくわけがないのだから。

「私にそんな大それた力はありません！」

今も恐れられている神の力とは一体どういうものなのだろうか。ミュリエルには分からないが、少なくとも自分にそのような力などないことだけは確かだ。

「力はなくとも『ハルフォークの青銀』の前に皆はひれ伏す。あなたは心配せず、私の指示に従ってくれればいい」

――冗談じゃないわ。何とかして逃げなければ……！

もはやミュリエル一人だけの問題ではないのだ。

だが、馬車は速度を落とすことなく走り続け、森を抜けるのも時間の問題だろう。

――どうしよう、どうしたらいいの、レイヴィン……！

膝の上でぎゅっと手を握ったその時だった。外で何かの声が響き、馬車がガクンと大きく揺れて、急に停まった。

「どうした?」

ボルシュは怪訝そうな声で御者に向かって尋ねたが、返ってきたのは「ひぃっ」という悲鳴だった。悲鳴以外にも馬の嘶《いなな》きや剣戟《けんげき》の音が聞こえる。

窓の外を覗き込んだミュリエルは息を呑んだ。

「……レイヴィン!?」

馬に乗り、剣を持ったレイヴィンがボルシュの兵士たちと斬り結んでいた。多勢に無勢だが、レイヴィンはグレーフェン騎士団の中で最強の騎士だ。彼は巧みに馬を操り、一人、また一人と兵士たちを倒していく。

あっという間に兵士たちは地面に伏していた。無事なのは彼らが乗っていた馬と、レイヴィンだけだ。

——レイヴィンが来てくれた……!

「まさかこれほど早く見つかるとは、誤算だな……」

ボルシュが呻くように呟いたがミュリエルは聞いていなかった。ただひたすら馬車の窓越しにレイヴィンの姿を見ていた。

レイヴィンは乗っていた馬から下りると、剣を手に馬車に近づいてくる。客車の扉が開いた。

「レイヴィン……！」

「ミュリエル、ご無事でしたか」

ミュリエルの姿を見て、きつく結ばれていたレイヴィンの口元がふっと緩んだ。

「レイヴィン！　レイヴィン！」

レイヴィンに抱きつこうとミュリエルは身を乗り出した。ところが後ろから腰に腕を回されて、ぐいっと引き戻される。

「ミュリエル！」

煌めく銀色の切っ先がピタリと喉元に当てられていた。ミュリエルはごくりと息を呑む。

後ろから彼女をはがいじめにし、剣を突きつけているのはボルシュだった。

「ミュリエルを傷つけられたくなければ、そこから下がれ、レイヴィン・ブラーシュ」

レイヴィンは目を眇めると、淡々とした声でボルシュに告げた。

「ボルシュ殿下。抵抗は無駄です。あなたの兵はすべて倒しました。命こそは奪っておりませんが、利き腕の腱を切断したので、二度とまともに剣は扱えないでしょう。たとえミュリエルを人質にとったとしても、一人でどうしようというのです？」

「うるさい！　下がれと言ったら下がれ！」

「……分かりました」

渋々とレイヴィンは一歩一歩後ろに下がっていく。ボルシュはレイヴィンの距離が十分離れたのを見計らってミュリエルを抱えて馬車の外に出た。

改めて外の惨状を見て、ミュリエルはブルッと震えた。あちこちに血だまりの中に倒れている兵士たちの姿があった。ただ、呻き声をあげているところをみると、レイヴィンの言うとおり、まだ命はあるようだ。

ボルシュも外の惨状に顔を顰め、次に馬車の御者台を見た。そこには騎士団の服装をした男が倒れている。

「その馬車はもう使えません。逃げられると困るので、真っ先に手綱を切って制御不能にしましたから」

レイヴィンはなぜボルシュが御者台の方を見たのか百も承知だった。

「くそっ」

「さぁ、ミュリエルを放してください。私が怒りで我を忘れないうちに」

油断なく剣を構えてレイヴィンが促す。ところがボルシュはミュリエルを拘束する腕にさらに力を込めた。

「くっ……」

絞めつけられ、息苦しくなったミュリエルの唇から呻き声があがる。そのとたん、レイヴィンの目の色が怒りですっと濃くなった。青から群青色、そしてさらに暗い色へ変化したことに、ボルシュは気づかなかった。

「貴様こそ剣を下ろせ。私は他国であるとはいえ王族だ。その私に騎士団の副総長であるお前が剣を向けたとなれば、外交問題になるぞ」

――なんて卑怯な……！

ミュリエルを盾にして剣を向けているくせに、自分は王族だということを振りかざすのか。

ミュリエルは怒りのあまり、息苦しさを忘れた。

周囲に守られて育ち、誰かに憎しみや怒りを覚えたことのないミュリエルが、これほどまでに誰かを許せないと感じたのは生まれて初めてのことだった。

――絶対にこの人は許さない。思い通りになるものですか！

激しい怒りを覚える一方、ミュリエルの頭の一部は妙に冷静だった。

そのうち必ず隙ができるはずだ。気を逸らすことができれば、ミュリエルにも手がある。

ミュリエルの髪飾りのピンは、長くて先が尖っているのだ。

――これを使えば……きっと。

ピンを引き抜く機会を窺いながら、ミュリエルはボルシュとレイヴィンのやりとりを見つめる。

「さぁ、剣を下ろせ」

ボルシュは迫ったがレイヴィンは退くことなく、それどころか、その場にそぐわない爽やかな笑みを浮かべた。

「ああ、それなら、今この場で騎士団の副総長の地位と、侯爵位を返上いたしましょう。私はどこの国にも属さぬ身。それなら、気兼ねなくミュリエルに触れたあなたをこの世から葬り去ることができる」

「なっ……副総長の座と侯爵位を返上だと!?」

ボルシュが絶句する。

「副総長の座に未練などないし、騎士団はアリスト殿下がいれば問題ありません。それに、ミュリエルのためとあれば侯爵位の返上もやむなしと、一族は納得するでしょう」

「き、気は確かか!?」

レイヴィンが何かとんでもないことを言っているような気がするが、ミュリエルはその間に手を伸ばし、髪の毛を留めているピンを引き抜く。ボルシュがレイヴィンの言ったことに気を取られ、ミュリエルから目を離している今がチャンスだ。

モナに挿してもらった髪飾りをしっかり握り、ミュリエルは自分を拘束しているボルシュの腕に尖ったピンの先を思いきり突き立てた。

「うっ……!」

呻き声とともにミュリエルを拘束する腕の力が緩んだ。ミュリエルは小柄な身体を活かして腕の下からくぐり抜け、ボルシュからさっと離れる。

「レイヴィン!」

ミュリエルが叫ぶ前にレイヴィンが動いていた。レイヴィンはすばやく距離を詰め、ボルシュの持っていた剣を弾き飛ばすと、すぐに体勢を整え、首を狙った。

「『ハルフォークの青銀』に仇《あだ》なす者は死んでいただく!」

「レイヴィン!?」

次の瞬間、剣は確実にボルシュの首を切断していただろう。その直前に「はい、そこまで！」という声が響いていなければ。

剣先がボルシュの首に触れる直前でレイヴィンは手を止めた。「ちっ」と舌打ちしつつ、剣を下げる。

蒼白になったボルシュはそれを見て力が抜けたのか、その場でガクンと膝をついた。

「危ないなぁ、もう！　殺したら困るんだよね。大事な取り引きの材料なんだから」

聞き覚えのある声に振り返ったミュリエルは、そこに兄と、ずらりと並んだグレーフェン騎士団の姿に目を見開いた。

「お兄様……？　いつの間に……？」

後ろだけではなかった。ミュリエルは気づかなかったが、騎士たちによって、周囲をぐるりと取り囲まれていたのだ。

アリストはミュリエルの姿を見て、顔を綻ばせる。

「ミュリエル、無事でよかった」

「姫様！　姫様ぁ！　よかった、ご無事で！」

「モナ！」

一際高く響くその声に視線を向ければ、騎士たちの中には馬に乗ったカストルがいて、彼の後ろにモナの姿があった。

「あなたも無事だったのね、よかった……！」

そうしている間にも、アリストの指示で騎士たちは地面に倒れていたボルシュの部下たちを次々と運び出していく。アリストは馬を下りると、地面に片膝をついたままのボルシュに近づき声をかけた。

「ミュリエルを誘拐した罪で、しばらく我が城の地下牢で暮らしていただきます。あなたの兵も手当てが終わり次第、地下牢に送りますので、寂しくはないと思いますよ」

にこにこと笑いながらアリストが告げる。ボルシュは顔をこわばらせたが、次の瞬間にはふてぶてしく笑った。

「私は王族ですよ。地下牢に入れたらどうなるか。それが分からないアリスト殿下ではありますまい」

確かに罪を犯したとはいえ他国の王子を地下牢といった場所に入れたとなれば外交問題になるだろう。だがボルシュより、アリストの方が上手《うわて》だった。

「王族？　いやだなぁ。ここにいるのはボルシュ殿下ではなく、妹を攫おうとした国籍不明の誘拐犯じゃないですか。ボルシュ殿下なら城を発ち、北の街道を順調に進んでいます。皇太子一行につけた騎士たちから異変の報告もありません。ボルシュ殿下もきちんとその一行の中におられる。つまり、ここにいるのはボルシュ殿下ではありえないというわけです」

「ぐっ……このっ……」

ボルシュは文句を言いかけたが、それ以上言葉が続かないようだった。彼の顔は今や青を通り越して白くなりつつあった。

ミュリエルを自国に攫うために弄した策が、自分に跳ね返ってきたのだから当然だろう。

「まぁ、そのうちデュランドル皇国が何か言ってくると思いますが。せいぜい高くふっかけさせてもらいますのでお覚悟を。もっとも、二度とミュリエルに関わらないと誓ってくだされば、僕らも手心を加えなくもない。……ああ。それから、エルヴィーネとの婚約は破棄させていただきます。エルヴィーネからの伝言もありますよ。『わたくしと婚約しておきながら妹に言い寄る男は願い下げですわ』だそうです。あなたも小賢しい小娘と結婚せずにすんでよかったじゃないですか」

アリストは容赦なく畳みかけると、呆然とするボルシュを連れていくように騎士たちに合図した。騎士がボルシュを立たせて後ろ手に拘束する。

その時、今まで黙っていたレイヴィンが剣を鞘にしまい、ボルシュに近づいた。何をするのかと怪訝そうに見ていると、彼は微笑みながらボルシュに言った。

「交渉がすんであなたが帰られる時には、我がグレーフェン騎士団が国までお送りしましょう。私の部下は優秀な者が揃っておりますから安心してお帰りください。ただし、御身には十分気をつけることです。私の部下たちの想像の及ばないところで、うっかり事故が起こるということもあるかもしれませんからね。まあ、あなたは皇太子ではないはずですから、そこまで問題になることもなく、こちらとしては気が楽ですが」

にっこりと笑顔を向けながら「騎士たちに命じていつでも護送中に殺すこともできる」と言外に匂わせる。それは紛れもない脅しだった。

「わ、分かった……」

ボルシュは息を呑むと、悔しそうに歯を食いしばりながら頷いた。

そこで終わるかと思いきや、レイヴィンはさらにボルシュに近づく。アリストや近くにいた騎士たちが思わずヒヤッとするほどの近さだった。

レイヴィンは笑顔をスッと消し、怒りで黒ずんだ青い目をひたっとボルシュに向けて低い声で囁いた。その声はあまりに小さくて、離れているミュリエルには届かなかったが、近くにいたアリストと騎士たちの耳にははっきり聞こえた。

「『ハルフォークの青銀』を害するものは破滅する――その言い伝えを知らなかったとは言わせません。それなのにあなたは我が身可愛さにミュリエルに剣を向けた。あの瞬間、あなたの運命は決まったのですよ」

「なっ……」

「破滅の足音が少しずつ近づいてくるのを、せいぜい楽しみにするがいい」

ゾッとするほど冷たい声に、アリストと騎士たちはレイヴィンを本気で怒らせるのは絶対にやめようと心に誓うのだった。

後始末をアリストに任せ、レイヴィンはミュリエルを自分の馬に乗せ、先に屋敷に戻ることにした。もちろん、モナを後ろに乗せたカストルも一緒だ。

ミュリエルは、馬に揺られながら、事の顛末《てんまつ》を聞いた。

やはりあの第八小隊の小隊長はお金に目がくらんでレイヴィンや騎士たちを裏切っていたらしい。ボルシュの従者を通じて指示されるまま、彼は待機命令の出ていた第八小隊を動かし、カストルたちを騙して屋敷から引き離すと、従者が手配した馬車に「レイヴィンが投獄された」と嘘をついてミュリエルを乗せたのだ。ミュリエルがボルシュのもとへ送られると分かっていながら。

小隊長は騎士団を裏切っただけでなく王族を売ったのだ。小隊長の極刑は免れないだろうというのがレイヴィンの予想だ。レイヴィンも許すつもりはなかった。

「途中でモナとばったり出くわし、彼女の話から、ボルシュたちの戦力がだいたい把握できたので、自分一人でも問題ないと判断し、急襲したのです」

もちろん、そんなことをやってのけることができるのはレイヴィンだけである。

屋敷に戻ったミュリエルは、コナーやフリーデ、それにディケンたちと再会し、無事を喜び合った。

小隊長を拘束するために屋敷に残ったディケンたちは、ミュリエルたちが戻るまでに、第八小隊の他の騎士たちからすでにあらかた話を聞いていた。その結果、小隊長の共犯はおらず、彼は単独で行ったのだろうということになった。

小隊長はカストルたちを追い払うために第八小隊を動かしたはいいが、彼らにうろつかれると邪魔だからという理由で控え室に放置していたらしい。

レイヴィンは報告を聞いて額に手を当てて呻いた。

「小隊長だったとはいえ、たった一人の裏切りでこれだけしてやられるとは……管理体制を見直さなければ」

確かに小隊長の借金のことをもっと早く把握できていれば、今回のことは未然に防げたかもしれないし、連絡ももっと密にとっていれば、少なくともカストルやディケンが小隊長に騙されることはなかったに違いない。

今後の問題点が分かったところで、レイヴィンは話を打ち切った。散々走り回ったカストルとモナに休暇を与えると、レイヴィンはミュリエルを抱き上げる。

「ミュリエルの世話は私がするから。屋敷の中のことと、警備のことはコナーとディケンに任せる。明日の朝まで寝室には立ち入り禁止だ」

夫婦の契りをすると宣言したも同然のレイヴィンの言葉に、ミュリエルは真っ赤になった。けれど、寝室に運ばれる間大人しくしていたのは、レイヴィンが耳元でこう囁いたからだ。

「私たちは色々話し合わなければなりません」

ミュリエルも誘拐される前、レイヴィンと話をするために城に向かうつもりだったので、否やはなかった。

だが、寝室にたどり着いたレイヴィンが最初にしたのはミュリエルをベッドに下ろし、彼女をぎゅっと抱きしめることだった。

「ああ、ミュリエル。本当に無事でよかった。ボルシュにしてやられたと思った時は、生きた心地がしませんでした。嫉妬心を抑えられずに、無理やり手籠めにした記憶があなたとの最後の思い出になるかと思ったら……恐ろしかった」

ここは自分も抱きついて、怖かったと、それでもレイヴィンは助けにくると信じていたことを告白する場面だっただろう。けれど、ミュリエルはレイヴィンの台詞の中のある言葉が気になって仕方なかった。

「嫉妬……？　あなたが嫉妬……？」

「私だって嫉妬くらいします。特にボルシュはあなたを狙っていると分かっていたので、名前を聞くことすら嫌で仕方ありませんでした」

ぎゅうっと抱きしめられながら、ミュリエルは唖然としていた。

――もしかして、ボルシュ殿下の名前を聞くたびに不機嫌になっていたのは、エルヴィーネお姉様の婚約者だからではなく……？

「……私、ずっとお姉様はレイヴィンをお好きで、レイヴィンもお姉様が好きなのだと思っていたの。皆がお似合いの二人だって言っていたし、仲が良かったから。……だから、ボルシュ殿下から、レイヴィンはお姉様の降嫁を願い出ていた、私とは王命で仕方なく結婚した、私のせいで二人は引き裂かれたと言われて……」

レイヴィンはいきなり顔を上げ、真剣な眼差しでミュリエル見た。

「夜会の日にも言いましたが、私とエルヴィーネ殿下とは何でもありません。親しく見えるのはあの方が小さい頃からの顔見知りで、しばらくの間警護も担当していたからです。ですが、一度もそのような仲になったことはありません。信じてください」

「……はい。信じます」

ミュリエルは、その言葉を心から信じられると思った。レイヴィンはエルヴィーネに特別な感情を抱いてはいないのだ。

彼女の返事を聞いて、レイヴィンはホッと安堵の息を吐く。だが、顔を上げた彼は少し後ろめたそうに視線を逸らした。

「それで、降嫁の噂についてですが、これを言うとミュリエルに引かれると思って黙っていたのですが、私が陛下に降嫁を願い出ていたのはエルヴィーネ殿下ではなくミュリエルの方だったのです」

「え？　わ、私、ですか？」

びっくりして見返すと、レイヴィンは頷く。

「い、いつの頃のことですか？　私、ちっとも知らなくて……」

「あなたが十二歳の頃からです」

――十二歳？　つまり騎士の誓いをしたあの頃にもう？

「あ、あの、私、あの頃は子どもで……」

——どうしよう。もしかしてレイヴィンは幼児趣味とかそういう類の性癖の男性だった？　私が大人になった今はどうなの？　それとも今も子どもっぽいのは変わらないから大丈夫なのかしら？

ミュリエルの思考がどんどんズレていく。それを知る由もないレイヴィンは、ミュリエルの顔にキスの雨を降らせる。額に頬に、鼻に、目に、そして唇に。

「……んっ……」

ミュリエルは目を閉じて触れるだけのキスを味わう。それだけでじわりと両脚の付け根に蜜が染み出してくるのを感じた。

——やだ。私ったら……なんて淫らなの。

「外見は確かに子どもでしたけど、ミュリエルはあの頃からしっかりしていらっしゃいましたよ。子どもでありながら大人だったんです」

「子どもで……大人、ですか？　私は十分子どもっぽかったような……」

外見どおり子どもだったようにミュリエルは思う。些細なことに傷ついては周囲の気遣いに耐えられず、逃げ出していた。

「子どもだったらまず自分の感情に従っていたでしょう。自分の感情を発散するより先に周囲を気遣う。それが大人でなくてなんだというのです？　私はその可愛らしい外見と大人の心を持つあなたのギャップに魅了され、会うたびにどんどん惹かれていった。それと同時にその美しい髪と瞳を恥だと思わずにすむような、そんな環境をあなたに作ってあげたくて、陛下に降嫁を願い出たのです。あなたが成人したら私にくださいと。でも、陛下がなかなか首を縦に振らなかったのです。結婚式とお披露目を同時に行えばベールを被ったままですむという利点もあると申し上げたのですが」

「いえ、あの……」

十二歳の子どもに二十四歳の成人男性が求婚したとなれば、男親は皆同じように反対するのではないだろうか。

レイヴィンはにっこり笑ってミュリエルの唇にキスをする。

「でもデュランドル皇国があなたの存在を嗅ぎつけて縁談を申し込んできたことで、陛下はミュリエルを国内の貴族と結婚させなくてはならなくなりました。もちろん、私以外に適任はいません。デュランドル皇国やボルシュには腹が立ちましたが、あなたをこうして手に入れることができたことだけは感謝しましょう」

言葉の端々ににじみ出る自分への執着心に、ミュリエルは嬉しさを覚えると同時に困惑してしまう。どうしても、レイヴィンのような男性を惹きつけるものが自分にあるとは思えないのだ。

「あ、あの、こんなみそっかすな私を、レイヴィンは妻にしたいって思ってくれていたの？　本当に？」

「みそっかす」という言葉を聞いたとたんにレイヴィンの笑みがすっと消えた。

「ミュリエル、そのみそっかすという言葉ですが、もうやめにしませんか？　あなたはみそっかすなどではありません。誰よりも高貴な色を持って生まれ、ご家族の皆に愛されている。私や、私の使用人、部下の騎士たちにも愛されているのです。そろそろ、みそっかすは返上するべきだと思います。どうしても何か名乗りたいのであれば、ブラーシュ侯爵の最愛の妻と言うようにしてください」

「あ、愛……？　レイヴィンが私を愛して……くださるの？」

信じられなくて尋ねると、レイヴィンは思いっきり顔を顰めた。

「あのですね、ミュリエル。先ほどからずっとそう申しているではないですか。十二歳も年下の少女に恋をしたのだと、恋したからこそ、あなたを妻に欲しかったのだと言葉を尽くして伝えているつもりなのですが？」

「だ、だって……だって……」

エルヴィーネの顔やボルシュの顔、以前ミュリエルのことを「みそっかす」だと嘲笑まじりに言った侍女の声が頭の中をぐるぐると巡る。けれど、ミュリエルは頭を振ってそれらの幻を追い払った。

――他人が何と言おうと、誰がどう思っていようと、大事なのは自分の心とレイヴィンの心だわ。レイヴィンが私を好きだと言ってくれるのなら、それに応えたい。

「愛しています、ミュリエル」

レイヴィンははっきりとした口調で告げると、ミュリエルの額に自分の額を押し当てた。

「あなたはまだ若いし、私の気持ちが負担になってはいけないと思って、口にしなかったのですが……誤解されるくらいなら、今まで我慢していた分、毎日、一時間ごとにあなたに愛の言葉を捧げます。だからあなたも私を騎士としてではなく、夫として、一人の男として見てください」

　ミュリエルの瞳から、いきなりぶわっと涙が溢れて零れ落ちる。零れたのは涙だけではなく、抑え込んでいた気持ちも胸から溢れ出ていった。

「わ、私も愛しています！　もうとっくに愛しています……！」

　叫んで、レイヴィンの腰に縋りつくと、彼はミュリエルの顎を掬いあげ、激しく唇を奪った。

「んっ……ふ、ぁ……」

　咥内を激しく動き回る舌に翻弄される。唾液を啜られ、あるいは送り込まれ、合わさった場所から恥ずかしい水音が湧き上がり、耳を犯す。

「ぁふ……ん、ん、んっ」

　舌が絡まり合うたびに、キュンと子宮が疼き、次いで全身に痺れるような快感が広がっていく。手足の力がすっと抜けて、ミュリエルはレイヴィンに身体を委ねた。

　やがて顔を上げたレイヴィンは、ミュリエルの唇にそっと囁く。

「ミュリエル、あなたを抱きたい。あなたが確かに無事であることを、あなたを取り戻したことを、この身体で感じたい」

　ミュリエルはレイヴィンをうっとりと見上げて微笑んだ。

「抱いてレイヴィン。あなたを私の中で感じたいの」

ベッドの上に向かい合って腰を下ろした二人は戯れに唇を合わせたり、離したりして互いの服に手を伸ばす。

ドレスのボタンを外す手がやけにゆっくり感じられて、焦らされたと思ったミュリエルは、お返しとばかりにレイヴィンの制服の上着のボタンをわざと全部外さずに、手を中に差し込んでシャツに包まれた胸を撫でる。

ぐっと奥歯を食いしばったレイヴィンは、ボタンを一気に外し、ミュリエルの身体からドレスを引き剝がした。コルセットが続き、パニエ、シュミーズ、ドロワーズが脱がされていく。

その間にミュリエルもレイヴィンの上着、シャツを脱がせていった。彼が脱がした数よりミュリエルが脱がした数の方が圧倒的に少ないのは、レイヴィンが彼女の滑らかな肌を愛撫したり、キスしたりして邪魔するからだ。

「や、んっ、先を摘まないでっ」

最後に残ったレイヴィンのトラウザーズを脱がしたいのに、彼ときたらミュリエルの胸の先端を摘まんで捏ねるものだから、感じてしまい、うまく布が摑めない。

「あっ、……い、いじ、わる……」

身体をくねらせ、喘ぎながら涙目で抗議すると、レイヴィンはクスクス笑いながらミュリエルの胸の飾りから手を引っ込めた。

「あっ……」

　自分でやめろと言ったのに、愛撫がやんでしまったことを残念だと思うのだから、ミュリエルはだいぶレイヴィンに毒されて……いや、調教されているのだろう。

　身体の奥に灯った官能の火を宥めるように呼吸を整え、ミュリエルはようやくレイヴィンのトラウザーズに手を伸ばす。レイヴィンも脱がしやすいようにベッドに膝立ちしてくれていた。目線の先に、トラウザーズの前を押し上げるレイヴィンの雄々しい膨らみがあった。

　ボタンを外し、ウエストの生地を少し引き下げると、窮屈そうに押し込められていたものが飛び出してきた。

　最初に見た時はその狂暴さに怯えてしまったレイヴィンの男性器も、今では平気で直視できる。それどころか、これが自分の中に入り、感じる部分をゴリゴリと抉って奥を突いてくれるのかと思うと愛しささえ感じた。

　手を伸ばしてそっと包み込むと、一瞬だけレイヴィンが震えた。構わずに、手の中で脈打つ熱いものを撫でる。芯は硬いけれど意外に滑らかな感触だった。手の動きに合わせて、ぐっと、レイヴィンの下腹部の筋肉が波打つ。それがミュリエルには嬉しくてたまらなかった。

　ミュリエルは片手でレイヴィンの肉茎を撫でながら、もう片方の手でトラウザーズを下げていく。筋肉質の太ももが現れ、ミュリエルの胸はドキドキと高鳴った。

──レイヴィン以外は知らないけれど、これ以上に美しくて力強い肉体はきっとないわ。この肉体を愛でたい。もっと喜ばせたい。レイヴィンをもっと感じさせたい。

そう思った時、脳裏にひらめいたのは、アンネリースが送ってくれた本に書かれていたことだった。

──そうだわ。殿方を喜ばせる方法が書いてあったじゃない。胸は……まだ育ってないからだめだけれど、これなら大丈夫だわ！

「レイヴィン……」

股間に顔を近づける。すると、男性的な香りが鼻腔をくすぐった。

「ミュリエル……？」

膝立ちになっているレイヴィンの脚の付け根に顔を寄せると、ずっしりと重そうな怒張を両手で包み込み、舌を出して這わせた。嵩の張った部分を舌先で刺激し、先端の鈴口から染み出してきた液体を舐め取る。

頭上でレイヴィンが息を呑むのが分かった。

美味しいとは思えないのに、口の中に広がる味はミュリエルの脳天を痺れさせる。両脚の付け根からさらに蜜が染み出してくるのを感じた。

夢中で舌を這わせ、舐め上げていく。

「っ、ミュリエル、そんなことをどこで覚えたのです？　私はまだあなたに口で奉仕することを教えておりませんが？」

大人しくミュリエルの口での奉仕を受け入れているものの、レイヴィンの声には嫉妬の色が見え隠れしていた。

肉茎から顔を離し、レイヴィンを見上げながらミュリエルは素直に答えた。

「アンネリースお姉様が送ってくださった『淑女の嗜み～殿方を喜ばす十の方法～』という本に書かれてあったの。男性はこうするととても喜ぶとあったわ。胸を使う方法もあるようだけれど、私の胸はまだレイヴィンのものを挟めるほど大きくないから……」

レイヴィンは手で額を覆った。

「アンネリース様……なんというものをミュリエルに……」

「だ、だめ？　レイヴィンは気持ちよくない？」

窺うように見上げるミュリエルに、レイヴィンは「はぁ」とため息をついて首を横に振った。

「ミュリエルが私にここまでしてくれるのです。気持ちいいに決まっています。ただ……あなたに教えるのは私だけでありたいのです」

「レイヴィン……」

「あなたにはまだ口での奉仕は早い。いずれ教えますが、今はだめです」

肩を摑まれ、引き離されそうになったミュリエルは慌てた。

「ま、待って！　本には子種を口の中で受け止めてと――」

「ミュリエル」

レイヴィンはにっこり笑ってミュリエルの言葉を制した。

「口の中に放つより、私はあなたのここに子種を放ちたいのです」

言いながらレイヴィンが手を伸ばしたのは、ミュリエルの平らな下腹部だった。子宮がある場所だ。

「あなたとの子どもが欲しい。あなたによく似た小さな女の子が――」

「私も……私も欲しいです。レイヴィンとよく似た男の子が……」

恥ずかしそうに言うと、なぜかその言葉はレイヴィンの理性の糸を引きちぎってしまったらしい。彼は突然、ミュリエルを押し倒すと、唇を奪い、激しいキスを送り込む。

「あ、っふ、あ……ん」

やがて顔を上げたレイヴィンの頬はほんのり朱に染まり、けれど青い目は欲望でギラギラと輝いていた。

「女の子も男の子もどちらも産んでいただきましょう。そのためには一生懸命励まなければいけませんね」

言いながらレイヴィンが手を伸ばす。ベッド脇のサイドテーブルに置いてある王家の秘薬を取ろうとしているのだろう。ミュリエルはレイヴィンの腕に手をかけて止めた。

「待って。秘薬はいらないわ。秘薬に頼らないでレイヴィンを受け止めたいの」

「しかし……」

体格差があるため、レイヴィンは慎重だった。もしもミュリエルの中が傷ついてしまったらと思っているのだろう。

「大丈夫。だって、この数日間、ずっとレイヴィンを受け入れていたのよ？　もう潤滑剤も秘薬もいらないわ。……だめ？」

レイヴィンはしばし悩んでいたが、やがて頷いた。

「分かりました。確かに秘薬に頼りっぱなしになるわけにはいきませんからね。ただ、少し、体勢を変えましょう」

言うなり、彼はベッドに腰を下ろすとミュリエルを抱き上げ、自分の膝の上に座らせた。

「私が入れると強引になりかねない。ミュリエルが上になってください。もし辛くなったら途中で中断しても構いません。秘薬もすぐ使えるように手元に置いておきましょう」

「は、はい」

交わっている最中に上になったことはあるが、自分から挿れるのは初めてだった。レイヴィンに導かれ、位置を合わせると、ミュリエルはゆっくり腰を下ろしていく。

「んっ……あ……」

質量のあるものが、ミュリエルの蜜口を押し広げる。その感触に、ミュリエルはたまらずレイヴィンの首にしがみついた。

「大丈夫ですか？」

「ん……」

頷きながら、ミュリエルは脚に力を入れてさらに腰を落としていく。痛みはないが、圧迫感がすごい。けれど思ったとおり、この二日間でミュリエルの膣はすっかり開発されて、秘薬がなくてもレイヴィンを呑み込めるようになっていた。

「あっ、くっ……」

眉間に皺を寄せ、じわじわと襲ってくる鈍い快感に時おり顔を顰めながら、ミュリエルはレイヴィンを受け入れていく。その様子を青い目がじっと見つめていた。

やがてミュリエルの白くて丸い臀部がレイヴィンの腰に触れる。ようやくすべてを収めると、ミュリエルはホッと息を吐いた。額にはうっすらと汗が滲んでいる。

「あっ……入った……？」

「頑張りましたね、ミュリエル」

よくできましたとばかりにレイヴィンはミュリエルの顔中にキスを降らせる。ミュリエルは自分の中をみっちりと埋め尽くす彼の楔がさらに膨らみ、嵩を増したのを感じて息を呑んだ。

「あ、あの……？」

「知ってますか、ミュリエル？」

レイヴィンはにこにこ笑いながらミュリエルに囁く。

「あなたがそうやって苦しそうに涙を浮かべながら、私を健気に受け入れていく顔がものすごく好きです。いけないことをしている気分になりますが、それがまたぞくぞくするほどいい。まだ少女のようなあなたにイヤらしいことをいっぱいさせて、雌の顔になっていく姿も好きです。もっともっと啼かせてみたくなります」

爽やかな笑顔を浮かべて堂々と変態発言をしたレイヴィンを、ミュリエルは唖然として見つめる。

「だから、ミュリエル」

レイヴィンは口をぽかんと開けるミュリエルをよそに、彼女の腰に腕を巻きつけ、突き上げながら楽しげに笑った。

「私の上で淫らに啼いてください」

「あっ……！」

腰から脳天まで強烈な快感が背中を駆け上がっていく。ずんと突き上げられ、揺さぶられ、降りてきたところを再び突かれる。自分の重みでさらに奥深く穿たれながら、ミュリエルはレイヴィンの望みどおりに嬌声を響かせた。

「あっ、んんっ、あ、ああっ、んぁああ！」

レイヴィンの肩に必死にしがみつきながら、ミュリエルは全身を貫く悦楽に耐える。容赦のない突き上げは荒馬に乗っているかのようだ。

「ま、待って……ああっ、激し……んっ、あああ！」

穿たれるたびにずしんずしんと大きな衝撃が走る。愉悦が湧き上がり、背筋を何度も強い快感が駆け上がっていく。

「待ちません。ようやくあなたを手に入れたのですから」

「ああっ、やぁぁ、待って、おねが……ぁあ！」

ミュリエルが制しても荒馬は静まらない。それどころかもっと強く突き上げられ、ミュリエルは嵐のような快感に翻弄されるばかりだった。

伸ばされた手に、すっぽりと胸が覆われ、揉みしだかれる。繋がったところとは別の場所に与えられる悦楽に、ミュリエルはぶるっと震えながらレイヴィンの楔を熱く締めつけた。

「あっ、くっ、ミュリエル……っ」

レイヴィンは一瞬だけ苦しそうに顔を顰めたが、すぐにお返しとばかりにミュリエルの腰を自分に押しつけながら強く突き上げる。

「あああっ……！」

ミュリエルは甘い悲鳴を響かせながら、自分の胸をレイヴィンにぎゅうぎゅうと押しつけた。意図的ではなく、無意識の行動だ。けれど、膨らみを胸に押しつけられ、柔らかな肉で擦られたレイヴィンはたまったものではない。

「くっ……。悪戯好きの小悪魔め！」

――誤解だわ……！

弁明する間もなく余裕を失ったレイヴィンは、ミュリエルをますます激しく突き上げた。

「ああっ、あっ、あ、ん」

「ミュリエル、ミュリエル……！」

揺さぶられながら唇を塞がれる。

「んんっ、んんっ……っ」

上と下の口、両方で繋がりながら、二人は欲望のダンスを踊った。

息も苦しいし、繋がっている場所もぎちぎちでいっぱいだ。それなのに、ミュリエルはその苦しさにも悦びを覚えていた。

やがてレイヴィンがミュリエルの腰を両腕で抱きしめ、一際強く突き上げながら腰を押しつけた。

「くっ……」

「あっ……」

レイヴィンの楔の先端から熱い子種が噴き出し、ミュリエルの胎内を満たしていく。

ミュリエルは身体をビクンビクンと痙攣させながら、全身でレイヴィンの欲望を受け止めた。

「ミュリエル……愛しています」

「レイヴィン……私も……」

互いに快感の余韻に震えながら、二人は再び唇を合わせた。

熱狂の時が過ぎ、ミュリエルはレイヴィンと繋がったまま、寝そべった彼の身体の上に心地よく身体を預けていた。

「……レイヴィン、私ね。あなたが私に騎士の誓いをしてくれたのは、私の境遇に同情したからだと思っていたの」

たくましい胸に頬を寄せながらミュリエルは呟く。

「途中からはともかく、最初は同情からなんでしょう？　分かっているんだから」

レイヴィンはミュリエルのむき出しの背中を優しく撫でながら微笑んだ。

「同情という感情がまったく入ってなかったとは言いませんが、同情だけではありません。あの時、私が誓った言葉は本当です。あなたが私の探していた『仕えるべき王族の血』の持ち主だと感じたから、忠誠を誓ったんです。あの誓句の一言一句偽りはありません」

「仕える王族の血？　それは王族とどう違うの？」

「王族に間違いはないのですが……言ってしまえば『ハルフォークの青銀』です」

その言葉にミュリエルの身体は一瞬だけこわばった。ミュリエルの様子に気づいたレイヴィンが宥めるように髪を撫でる。

「申し訳ありません。あなたにとって『ハルフォークの青銀』は決して歓迎すべきものではないでしょうね。あなたは髪と瞳を隠せと言われて育ち、恥だと思ってきた。『ハルフォークの青銀』を持っているからボルシュに狙われた。あなたの誕生は、本来なら国をあげて歓迎すべきところだったのに、デュランドル皇国のせいで捻じ曲げられてしまった」

「やっぱり、八十年前の、先々代の女王の時に起こった出来事が原因で？」

「ボルシュに聞きましたか？　そうです。希少になっていた『ハルフォークの青銀』を持つ先々代の女王にデュランドル皇国が目をつけ、強引に娶ろうとしたのが原因です。あの当時もデュランドル皇国は、汚い手を使って誘拐未遂事件を何回も起こしています」

「それって……」

「はい、今回の件は、その再現のような出来事でした。八十年前、何とかあの国の要求を退けることができたのは、女王陛下が唯一の王位継承者で他国に嫁入りすることが不可能だったこと、国内の貴族の中から王配をすぐに選んで既成事実を作ったからです。それで先々代の女王を巡る争いはようやく沈静化しましたが、あの出来事は我が国に『ハルフォークの青銀』への忌避感を与えてしまった。王族が青銀の髪か瞳を持って生まれれば、またこの国は騒動に巻き込まれると考えたわけですね。残念ながらそれは現実のこととなりました。八十年経ってもまだデュランドル皇国は『ハルフォークの青銀』にとりつかれていたから」

ミュリエルはこの先の展開を悟って呟いた。

「だから私は隠されたのね。デュランドル皇国や『ハルフォークの青銀』にこだわる国に見つからないように、公式の場には出さず、主居館から出る時は必ずベールを被せられて」

「はい。陛下やアリストはいつも、あなたに申し訳ないと口にしていました。けれど、あなたの身の安全を考えればやむを得なかったのです」

「……分かっているわ。生まれたばかりの私を始末してしまえば簡単だったに違いないけれど、お父様たちは私を愛してくださった。慈しんでくださった。守ってくださった。小さな世界に閉じ込めることで」

「はい。先々代の女王の時より状況は悪かったので、陛下たちも必死だったのです。ミュリエルは第五王女で他国に嫁に出せる状況でしたから。それに十六歳で成人を迎えお披露目をすれば必ず他国に存在が知れてしまう。一番いい方法は十六歳で国内の貴族に降嫁してしまうことでした。『ハルフォークの青銀』を利用されないように近くで監視できるし、他国から縁談が来ても既婚であれば突っぱねることができますから」

なるほどとミュリエルは内心頷く。そこで先ほどレイヴィンの言っていた、十六歳に結婚し、式と同時にお披露目をするという提案に繋がるのか。

「レイヴィンは……いいの？　こんな厄介な女が妻で」

ミュリエルは恐る恐る尋ねた。変わった色の髪と瞳というだけではなかったのだ。ミュリエルを娶れば一生『ハルフォークの青銀』の問題が降りかかってくる。

「私は……あなたの重荷になってしまう」

「ミュリエル。私はあなたを娶ることができて幸せだと思うことはあっても、重荷だとは思いません」

レイヴィンはミュリエルの頭のてっぺんにチュッと音を立ててキスを落とすと、枕に頭を戻した。

「私の家、ブラーシュ侯爵家は騎士の家柄です。父や祖父、曾祖父もその前の代も皆騎士になることを選んでいる。それこそハルフォーク帝国時代まで遡っても、ずっと騎士なのです。そんな我が一族には、代々、親から子、子から孫へと伝えられる言葉があります。『ブラーシュ家は騎士として王族と国に忠誠を誓い、命をかけて守る。けれど、我らが本当に忠誠を誓っているのは国でも王家そのものでもない。グレーフェン王家の中に流れるハルフォークの血に忠誠を誓っているのだ』と。幼い頃は祖父が何を言っているのかさっぱり分かりませんでした」

自嘲すると、レイヴィンはミュリエルの髪をひと房手に取り、唇に押し当てた。

「騎士になったのだって剣が得意だったのと、幼馴染みのアリストを守るために選んだだけです。家訓などすっかり忘れておりましたし、あなたが『ハルフォークの青銀』を持って生まれたことを知っていても、私には関係のないことだと思っておりました。他の王族方と同じように守るだけだとね。そんなある日、あの中庭であなたと遭遇し、言葉を交わしながら、私は『この方が一族が守るべき、忠誠を誓うべき王族の血だ』とずっと頭の中で考えていたんですよ。そして、なぜもっと早くあなたと言葉を交わさなかったのかと後悔しました」

「レイヴィンは……私が青銀の髪と目を持っていたから、忠誠を誓ってくれたの？」

急に不安になってミュリエルはレイヴィンに尋ねた。自分がこの髪と目ではなかったらレイヴィンは見向きもしなかったのではないかと思えてきたからだ。けれどレイヴィンは微笑んで首を横に振った。

「きっかけはそうだったかもしれません。でも、可愛い私のミュリエル。『ハルフォークの青銀』なんて関係ない。私はあなたという人間に惹かれたのです。そして、あなたに惹かれてようやく理解できました。幼い頃、ブラーシュ家の呪いだと思っていたものは、実は呪いでもなんでもなかったことを。確かにきっかけではあったでしょう。けれど、我々一族の者たちは、家訓や呪いを言い訳にして、自分の惹かれた人間を手に入れてきただけなのです。私も同じです。それがブラーシュ家の業《ごう》だと言えばそうなのでしょうね」

「あ、んっ……」

背中を撫でていた手がすっと下がり、白い双丘にたどり着く。ぐっと腰を押しつけられて、ミュリエルは柔らかくほどけていた楔が自分の中ですっかり力を取り戻していることに気づいた。

「あ、あのレイヴィン？　私、もうクタクタで……そ、それに話がまだ……」

「話はもう終わりです。ここからは、ミュリエルは横になっているだけで構いませんよ。あとは私がしっかり動きますから」

レイヴィンはにっこり笑うと、ミュリエルを抱き込んだまままくるりと身体を回転させた。背中に柔らかなシーツの感触がした時にはすでにミュリエルは仰向けになって、熱くて硬くて大きな身体に圧しかかられていた。

ごりゅっと音を立てて、レイヴィンの楔がミュリエルの奥を抉る。

「あ、あああっ！」

頤を反らして、嬌声を響かせながら、ミュリエルは再び狂乱の宴が始まったことを諦めとともに受け入れる。

白くて細い手が上がり、レイヴィンの背中に回った。

その後、二度三度とミュリエルの中に白濁を放っても元気いっぱいなレイヴィンに、ミュリエルはあきれ返りながらも、愛される幸せを噛みしめるのだった。

＊＊＊

ミュリエルの誘拐事件から三か月後。城の大広間は再び大勢の人でにぎわっていた。王妃の誕生日を祝う舞踏会が開かれているのだ。

軽快なワルツが流れる中、大広間の中央では、何組ものカップルがそれぞれのパートナーと曲に合わせて踊っている。

その中で一際目立つ一組がいた。片方は背が高く、精悍な顔だちにくすんだ金髪と青い目を持った男性だ。彼はブラーシュ侯爵としてだけでなく、グレーフェン騎士団の副総長としても名が知られていた。

男性に手を取られて踊っている女性は、小柄で華奢で、背格好だけ見ればまだ少女のようだった。パートナーと並んでいる姿はまるで大人と子どもだ。けれど女性が注目を浴びているのは、男性と体格差があるからではない。女性の結い上げられた髪が、めったに見られない青銀の色をしているからだ。

近づいてよく見れば、女性の瞳も髪の毛と同じ青銀色であることが分かる。その色は古き尊き血を受け継いだ証とされ、とても希少なものだともっぱらの噂だった。

人々の注目を浴びながら、その一組はくるくると踊る。

「ミュリエル、大丈夫ですか？」

巧みにリードしながら、レイヴィンが心配そうにミュリエルを見下ろす。ミュリエルはレイヴィンの動きと音楽に合わせてくるりとターンをしながら微笑んだ。

「大丈夫よ。不思議ね、この髪と目を見られても全然気にならないの」

館から出る時にはベールが欠かせなかったミュリエルだが、今日この日、彼女はベールを被ることなく観衆の目に姿を晒していた。

「皆の視線も、昔ほど厳しいものではないからかしら」

「現金なものです。ハルフォーク帝国の王族の血を引く証とか、希少な色という話が広まったとたん、手のひらを返すなんて。昔からこの国では言い伝えられていた事実のはずなのに、何を今さらという感じです」

少し不機嫌そうにレイヴィンが口を尖らせる。

三か月の間に、色々なことがあった。まず、デュランドル皇国と話し合いが行われて、ボルシュとエルヴィーネとの婚約は破棄される運びとなった。

ボルシュは地下牢から出されて、騎士たちに護衛されてデュランドル皇国に帰っていった。身代わりをしていた従者が、いつまでもボルシュと連絡が取れないことを不審に思い、慌てて本国に訴え、デュランドル皇国がグレーフェン国に問い合わせた結果だ。

アリストによれば、今回の失態で、ボルシュは皇太子の座を失ったらしい。これだけの騒ぎになってしまえば責任を取らされるのも無理はないだろう。

デュランドル皇国は大いに不服だろうが、ボルシュの企みはグレーフェン国だけでなく大陸じゅうの国や民の知るところとなっていた。

同時にミュリエルの髪と瞳が『ハルフォークの青銀』と呼ばれる希少な色であることも広まってしまったが、かえってミュリエルの安全は保障されることとなった。『ハルフォークの青銀』を特別視する国は互いを牽制し合っているため、ミュリエル本人には容易に手出しできないのである。デュランドル皇国も同様だ。ミュリエルに何かあったら、すぐに疑いの目が向けられるだろう。

事実上、ミュリエルを戦争の旗印にすることは不可能となっていた。

隠すのではなく、堂々と出すことで守る。この方針転換が誰の発案なのかミュリエルは知る由もないが、感謝のキスを贈りたいくらいだ。

レイヴィンがミュリエルの腰を抱いて、軽やかに回す。ミュリエルは緩やかにターンをしながら、大広間の一角に、エルヴィーネとアリストの姿を見つけた。

二人は壁側に立って何やら話をしているようだ。ふとエルヴィーネが顔を上げる。ミュリエルが見ていることに気づいたエルヴィーネは彼女に向けて笑顔で手を振った。ミュリエルも笑いながら手を振り返す。

今回のことで一番大変だったのはエルヴィーネだろう。ミュリエルの身代わりとなってボルシュと婚約した上に、滞在中もずっと彼を見張ってくれていたのだ。

申し訳なさに胸が苦しくなった。

もっとも、本人はけろりとして『腹の探り合いは楽しかったわよ』と朗らかに笑っていたけれど。

ミュリエルは姉には永遠に敵わないと思った。けれど勝つ必要はないのだとも思った。

――大好きよ、お姉様。私の憧れ、わたしの目標。

エルヴィーネは永遠にミュリエルの憧れで、目標であり続けるだろう。

『それよりレイヴィンは変態だから気をつけるのよ、ミュリエル。何かあったらわたくしに言いなさい。絶対守ってあげるから』

城に遊びに行くたびに姉が真剣な眼差しで言う。

実はミュリエルも少し……いや、かなりレイヴィンは変態だと思っている。時間と場所を選ばず愛し合おうとするのはまだいいとして、一番困るのが、妙にミュリエルの世話を焼きたがるところだ。風呂や手ずからの食事だけでも恥ずかしいのに、あやうく下の世話までされそうになって、ミュリエルは大いに慌てたものだ。厠へは一人で行きたいと拒否したけれど、あの時の残念そうな顔は今でも忘れられない。

だが、そんな部分も含めて好きなのだから仕方ない。

『わたくしの清らかなミュリエルが汚されていく……。おのれ、あの幼女趣味の変態が！』

碧い目を眇めるエルヴィーネを見ていると、なぜ中庭で勘違いをしたのか自分でも不思議に思えてくる。このエルヴィーネなら確かにレイヴィンの胸を突いたり、笑顔を浮かべながら拳で殴るくらいするだろう。

やはり姉には敵わないと思うミュリエルだった。

一方、ミュリエル自身は『ハルフォークの青銀』を持つ者として騒がれたものの、いつもと変わらない日々を送っている。屋敷の者たちに見守られ、騎士たちに守られ、レイヴィンと愛を交わす。

「……こんなに幸せになれるなんて嘘みたい」

こっそり呟けば、レイヴィンが彼女を抱きしめながら耳元で囁く。

「嘘じゃありません。これからあなたはもっともっと幸せになります。私が幸せにします」

「それなら、私だってあなたをもっと幸せにしてみせるんだから」

潤み始めた目を隠すように、ミュリエルは夫の胸もとに頬を寄せて目を閉じた。

みそっかす王女と呼ばれた少女はもういない。
いるのは、夫と家族を愛し、愛されている妻だけだ。

# エピローグ　家族

笑顔でワルツを踊るミュリエルとレイヴィンを、少し離れた場所からアリストとエルヴィーネが見守っていた。

「あの子が人前で自分の髪と目を晒している姿を見られるとは、嬉しいことだね」

「ええ。レイヴィンのおかげね」

アリストの言葉にエルヴィーネが頷く。ニルヴィーネは優しい瞳でミュリエルを見ていた。

「わたくしたち家族では、あの子の殻《から》は破れなかった。その点だけは彼に心からお礼を言いたいわ。……変態だけど」

エルヴィーネのレイヴィンに対する「変態」の評価は変わることはないだろう。

ちらりとアリストがエルヴィーネの顔を見る。

「エルヴィーネ、君にはすまないことをしたね。君、本当はレイヴィンが好きだったんだろう？」

二人の間に何かあると思っていたミュリエルの勘は実はエルヴィーネに関しては当たっ

ていた。エルヴィーネの初恋の相手はレイヴィンだったのだ。

エルヴィーネはアリストの言葉に一瞬だけ目を見開くが、すぐに肩を竦めた。

「確かに昔は好きだったわ。でもそれも、当時十歳くらいにしか見えなかったミュリエルに欲情するような変態だと知るまでよ。百年の恋もいっぺんに冷めたわ！　お兄様こそ、よくミュリエルの傍に彼を置くことを許したわね。それどころか、レイヴィンの恋を後押しするなんて……」

咎めるような視線を送ってくる妹に、アリストは笑った。

「単なる幼女趣味だったのなら、もちろん遠ざけたさ。でも、レイヴィンは別にあの子が幼い容姿をしていたから惹かれたわけじゃない。それに、何と言うか、運命を感じたんだよね、あの二人に」

「運命？」

「そうさ。僕らの何代も前の先祖にハルフォーク帝国の姫が嫁いできた時、彼女に忠誠を誓った騎士がついてきてこの国で骨を埋めた。レイヴィンの家はその騎士の子孫だ。つまり、彼は生粋の騎士の生まれだということになる。だからかな、レイヴィンがミュリエルに騎士の誓いを捧げたと知って、運命だと思ったんだ。ミュリエルがハルフォーク王家の再来なら、彼女を守る騎士が存在していて当然だとね」

大広間の中央で踊る二人を見つめながらアリストは眩しそうに目を細める。エルヴィーネはくすっと笑った。

「お兄様は案外ロマンチストなのね。だからミュリエルが結婚するまで自分も結婚しないなんて言ったの？　あれ、単なる方便じゃなくて、お兄様、本気で言っていたでしょう？」

「ミュリエルだけじゃないさ。あの子を名指ししたのは末っ子で結婚が一番後になると思ったからだ。もちろん君が結婚するまで僕の結婚はなしさ」

「あら。わたくしは婚約を破棄されたばかりの身なのだから、結婚までまたしばらくかかるわよ？」

おどけたように言うと、アリストは愛情溢れる視線をエルヴィーネに送った。

「構わないさ。君が幸せになれる相手をじっくり選ぶといい」

エルヴィーネは意外そうに鼻を鳴らす。

「わたくし、不思議なのよね。お兄様は、どこかロマンチストなところがあるけれど、こと国とご自身のことに関しては合理的な考え方をする人だわ。それなのに、どうして跡継ぎを作るという義務を放棄してまでご自身の結婚を後まわしにするの？」

うーん、とアリストは少し考えたあと、答えを口にした。

「それが僕の役割だと思ったから、かな」

「役割？」

「君は覚えていないかもしれないけれど、昔、うちの家族は今ほど仲がいいわけじゃなかった。父上と母上は公務に忙しく子どもたちになかなか会いにこられない。子どもたちにはそれぞれ乳母がついて、姉妹といえどもめったに顔を合わせなかった。双子の姉たちはお互いがいれば満足で他の弟妹には興味なかったし、一番年の近いアンネリースとも性別が違うせいもあって、遊んだ記憶がほとんどないんだ。正直言って、子どもの頃は寂しかったさ。でもミュリエルが生まれてからそれが一変した」

　懐かしそうにアリストは微笑む。

「ミュリエルが『ハルフォークの青銀』を持って生まれたと知って、父上や母上はおろか、僕らきょうだいは皆、この子を守らなければと感じたんだ。八十年前のことを持ち出して、不吉だからあの子を始末するべきだと言い出す重臣もいたからね。あの子が心配で、よく会いに通った。すると他の姉妹もミュリエルの部屋に来ていて、結果的に頻繁に顔を合わせるようになった。父上も母上も、ミュリエルの部屋に行けば子どもたちが誰かしらいるからと、少ない時間をやりくりして会いにきてくれた。ミュリエルのおかげで、僕らは本当の家族らしい家族になれたんだよ。だから僕は決めているんだ。僕だけの家族を作るのは、姉妹たちが幸せになったのを確認してからだってね」

「……お兄様はやっぱりロマンチストね。でも……わたくしも同じだわ」

　エルヴィーネは懐かしそうに微笑んだ。

「お兄様は忘れているかもしれないけれど、幼い頃、わたくしは我が儘で癇癪持ちだったわ。お兄様と同じように家族が傍にいなくて寂しくて、悲しくて、でもそれを認められなくていつも腹を立てていた。それが、ミュリエルが生まれて、お兄様やお姉様たちと話をするようになって、いつの間にか寂しさが消えていたの」

「そういえばそうだったね。うん、君は癇癪持ちだった。ミュリエルばかり構ってもらってズルイってよく泣き喚いていたっけ。すっかり変わったから忘れていたよ」

笑いを含んだアリストの言葉にエルヴィーネは少しだけ頬を染めた。

「もちろん、皆がミュリエルばかり構うので嫉妬したこともあるわ。でも侍女たちにすら怯えられていたわたくしを慕って笑いかけてくれるミュリエルに、嫉妬し続けていることはできなかった。あの子が誇れる姉になりたいと、わたくしは思うようになったわ。だから、今のわたくしがあるのはミュリエルのおかげなの。あの子がいなかったら、わたくしはきっとどうしようもない王女に育っていたと思う。もちろん、お兄様やお姉様たちの存在も大きかったけれど、わたくしは第一にミュリエルなの。それはお兄様も同じでしょう?」

意味ありげにアリストを見上げ、それからレイヴィンの腕の中で笑っているミュリエルを見つめて嬉しそうに目を細める。

「わたくしもいつか自分の家族を持つでしょう。でもそうなってもミュリエルは特別よ。わたくしやお兄様にとってはあの子こそが『家族』の象徴なんですもの」

「そうだね。……うん、そうだ」

アリストも目を細め、しばらくの間二人は無言で、大事な家族の幸せを噛みしめていた。

# あとがき

拙作を手にとっていただいてありがとうございます。富樫聖夜《とがしせいや》です。

今回は体格差がテーマの話にしようと思い考えた話でした。体格がいいのは騎士か軍人だろうということで、ヒーローは騎士に。そして、「軍服」シリーズのグレイシスとキャラが被らないように、今回のヒーローは爽やか真面目騎士になりました。よくしゃべるし笑います。本当に爽やかなのか甚《はなは》だ疑問ではありますが、私が書くソーニャのヒーローの中では珍しく性格や人格の破綻《はたん》もなく、ヒーローらしいヒーローだったのではないかと思います。ちょっとロリコンの気はありますけど。

そんなヒーローと結婚することになるヒロイン、ミュリエルは王女です。ただし、自分一人だけ家族とは違う髪と目の色をしていることもあって、家族（特にすぐ上のお姉さん）に劣等感を抱いて育ってきました。卑屈《ひくつ》というほどではないですが、やや後ろ向きの思考のヒロインです。とある事情であまり表には出られません。そんな彼女が初恋のヒーローと結婚することになるのですが、そこにはやっぱり事情が隠されていて……。少しコミカルな場面を取り入れつつ、物語の最後は王道のハッピーエンドとなっております。

さて、今回も脇役が活躍しております。ヒロインの兄姉と、侍女のモナとレイヴィンの部下の騎士たちです。特にヒロインの姉であるエルヴィーネは重要な役どころでありながら、一番損な役どころでもあります。本人は満足そうなのですが、最後まで書きながら政略結婚ではなく、幸せになれる相手を出してあげられたらよかったのにと思ってしまいました。もちろん、アリストにも。

ヒロインを支え続けたモナは、たぶん騎士のカストルとくっつくことになると思います。

イラストのアオイ冬子《ふゆこ》先生、素敵なイラストありがとうございました！　レイヴィンをとても格好よく、ミュリエルをとてもかわいらしく描いていただけてとても満足しております！

そして最後に編集のY様。毎回ご迷惑おかけしてすみません。今回は特に……。何とか書き上げることができたのもY様のおかげです。ありがとうございました！

それではいつかまたお目にかかれることを願って。

富樫聖夜

この本を読んでのご意見・ご感想をお待ちしております。

◆ あて先 ◆

〒101-0051

東京都千代田区神田神保町2-4-7 久月神田ビル

㈱イースト・プレス　ソーニャ文庫編集部

富樫聖夜先生／アオイ冬子先生

# みそっかす王女《おうじょ》の結婚事情《けっこんじじょう》


2018年2月3日　第1刷発行

著　　者　富樫聖夜《とがしせいや》

イラスト　アオイ冬子《ふゆこ》

装　　丁　imagejack.inc

D　T　P　松井和彌

編集・発行人　安本千恵子

発　行　所　株式会社イースト・プレス

〒101-0051

東京都千代田区神田神保町2-4-7 久月神田ビル

TEL 03-5213-4700　　FAX 03-5213-4701

印　刷　所　中央精版印刷株式会社





ISBN 978-4-7816-9617-1

定価はカバーに表示してあります。

Sonya ソーニャ文庫の本

『軍服の渇愛』　富樫聖夜

イラスト 涼河マコト